978-3-8310-3680-6

978-3-8310-3548-9

978-3-8310-3397-3

978-3-8310-3549-6

978-3-8310-3399-7

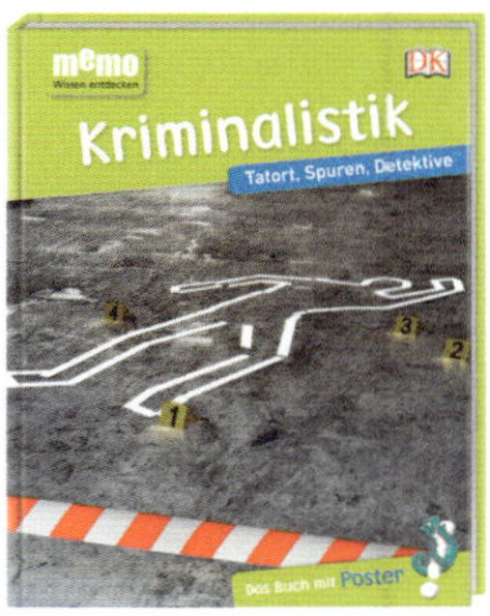

978-3-8310-3398-0

978-3-8310-3550-2

978-3-8310-3681-3

978-3-8310-3400-0

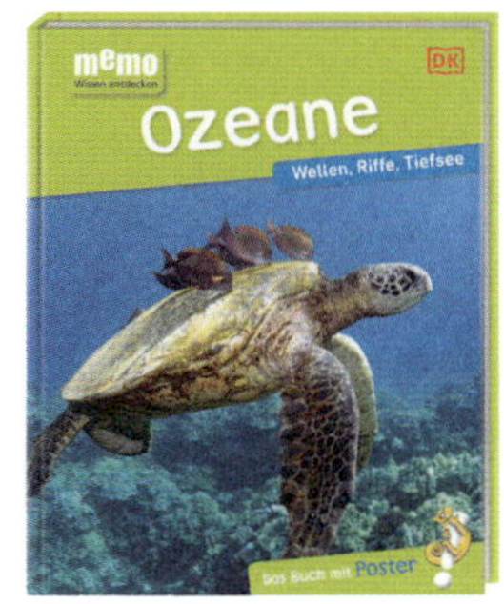

978-3-8310-4036-0

978-3-8310-3401-7

978-3-8310-3402-4

978-3-8310-3403-1

978-3-8310-3924-1

978-3-8310-4138-1

978-3-8310-3404-8

978-3-8310-3810-7

Für noch mehr spannende Themen blättere ganz nach hinten.

Jeweils 72 Seiten
Mit Doppelposter
Ab 8 Jahren
€ 9,95 [D] / € 10,30 [A]

memo
Wissen entdecken

Edelsteine & Kristalle

Apatit

Geschliffene Topase

Danburit

Chalzedon

Opal

Kalzit

memo
Wissen entdecken

Kobaltspat
(Sphärocobaltit)

Krokoit

Edelsteine & Kristalle

Smaragde, Quarze, Diamanten

Geschliffene Granate

Dumortierit-
flasche

Geschliffene Turmaline

Aragonit

Mikroklin

Tobernit

DK

Malachit

Gold

Geschliffener Turmalin

Geschliffener Topas

Geschliffener Saphir

Perlmutt

Achat

Krokoit

Turmalin

Achat

Text R. F. Symes, R. R. Harding

Lektorat Sunita Gahir, Andrea Pinnington, Louise Pritchard, Camilla Hallinan, Helen Parker, Sue Nicholson, Christine Heilman, John Searcy
Gestaltung und Bildredaktion Thomas Keenes, Julia Harris, Jacquie Gulliver, Jane Thomas, Martin Wilson, Catherine Goldsmith, Martin Wilson, Cynthia Hole, Marie Osborn, Kate Lockley, Siu Chan, Andy Hilliard, Ronaldo Julien, Myriam Mégharbi
Herstellung Louise Barratt, Andy Hilliard, Larah Kedwell, Hitesh Patel, Angela Graef
Fotos Colin Keates ABIPP (National History Museum, Großbritannien)

Für die deutsche Ausgabe:
Programmleitung Monika Schlitzer
Redaktionsleitung Martina Glöde
Projektbetreuung Dörte Eppelin
Herstellungsleitung Dorothee Whittaker
Herstellungskoordination Ksenia Lebedeva, Josefine Algieri
Herstellung, Cover- und Postergestaltung
Sabine Hüttenkofer, Jenny Kolbe, Stefanie Staat
Idee und Illustration Chamäleon blatteins, Andreas Mack

Titel der englischen Originalausgabe:
Eyewitness Crystal & Gem

Übersetzung Christiane Bergfeld, Frauke Bahle
Lektorat Margot Wilhelmi, Claus Keller
Satz Roman Bold & Black

ISBN 978-3-8310-3543-4

Druck und Bindung TBB, a.s., Slowakei

MIX
Aus verantwortungsvollen Quellen
FSC® C022120

www.dk-verlag.de

Inhalt

Hallo, ich bin Lexi!

Lass uns gemeinsam dein Lieblingsthema entdecken. Folge mir durchs Buch, denn ich hab dir ganz viel zu erzählen. Schau mal, ob du mich findest!

Was sind Kristalle?

Kristalle üben seit je eine faszinierende Wirkung auf den Menschen aus. Sie beruht auf der Schönheit geometrisch regelmäßiger Körper mit glänzenden, spiegelnden Flächen und scharfen Kanten, oft mit leuchtenden Farben und einer starken Lichtbrechung. Schöne Kristalle sind daher begehrte Sammel- und Schmuckobjekte. Das Wort Kristall leitet sich vom griechischen *kryos* (für Frost, Eis, Kälte) ab. Im Altertum hielt man Bergkristall für nicht schmelzendes Eis.

↑ Eis

Wasser kommt fest, flüssig und gasförmig vor. Im Dampf sind die Wassermoleküle losgelöst voneinander. Im flüssigen Wasser berühren sie sich, sind aber noch beweglich. Im Eis haben sie einen festen Platz. Diese Eiskristalle sind 450-fach vergrößert.

Charakteristisch ↓

Diese herrlichen Kristalle mit den charakteristischen Kristallflächen entstanden aus heißen, wässrigen Lösungen in der Erde.

↑ Kunstkristalle

Fast alle Kristalle in diesem Buch sind natürliche anorganische Verbindungen, Mineralien genannt. Man kann sie auch züchten wie dieses Kaliummagnesiumsulfat.

← Dicht an dicht

Nur unter idealen Bedingungen entwickeln sich große, vollkommene Kristalle. Dieser Skapolith besteht aus vielen kleinen, wenig ausgeformten Kristallen. So ein Mineral nennt man dicht.

↑ Englischer Kristallpalast

Der Londoner Kristallpalast entstand 1851 zur Weltausstellung. Dach und Wände waren aus Glasscheiben.

Pyrolusit-Dendriten

Geschliffener Heliodor (S. 38–39)

Miniatur einer juwelengeschmückten Inderin (18. Jh.)

← Schmuckstück

Edelsteine sind meist natürliche Kristalle – schön, dauerhaft und selten. Man schleift und poliert sie (S. 58–59). Man kann Kristalle aber auch künstlich „züchten" (S. 26–27) und zu Schmucksteinen schleifen.

↑ Kristallzeichnung

Hier handelt es sich nicht um Farne, sondern um kristalline Verästelungen, Dendriten. Sie durchziehen Felsspalten und -risse.

Geschliffener Aquamarin (S. 38–39)

Geode →

An unerwarteten Stellen, z. B. auf Äckern, finden sich Nester (Geoden) mit funkelnden Kristallen im Kern.

Glas →

Was wir „Kristall" nennen, ist oft nur Glas. Seine schnelle Abkühlung verhindert die regelmäßige Anordnung der Atome zu Kristallen.

Kristalle überall

Wir leben auf einem Kristallplaneten in einer Welt aus Kristall. Das Gestein der Erde und des Monds besteht ebenso wie die Meteoriten (Splitter aus dem All) aus Mineralien. Mineralien sind chemisch einheitliche Naturstoffe. Meist bilden sie Kristalle, die aus Atomen verschiedener Elemente wie Sauerstoff, Silizium, Eisen oder Kalzium bestehen. Berge und Meeresböden sind aus kristallinen Teilchen. Im Haushalt (S. 62–63) und bei der Arbeit (S. 28–29) kommen wir ohne sie nicht aus.

↑ Schalen
Die Erde ist aus drei Schalen aufgebaut: Erdkruste, Erdmantel und Erdkern. Die Gesteine, die diese Schichten bilden, bestehen meist aus zwei oder mehr Mineralien, reiner Marmor und Quarzit allerdings nur aus einem.

↑ Meteorit
Der Erdkern ähnelt in seiner Zusammensetzung vermutlich diesem Eisenmeteoriten.

↑ Granit
Die Hauptbestandteile des Granits sind Quarz, Feldspat und Glimmer. Hier sieht man Kristalle des Feldspatminerals Orthoklas, Quarzkristalle und Biotitglimmer.

← Eklogit
Der obere Erdmantel besteht vermutlich hauptsächlich aus Peridotit, z. T. auch aus Dunit und Eklogit.

← Lava
Flüssige Lava aus dem Erdinneren tritt beim Ausbruch des Vulkans Kilauea auf Hawaii (USA) aus. Wenn die Lava erkaltet, bilden sich Kristalle: Sie erstarrt zu Stein.

Gut gebaut →
Naturstein und viele andere Baustoffe sind kristallin. Auch die Festigkeit des Mörtels hängt vom Wachstum von Kristallen ab.

Organische Kristalle

Gesteinsbildende Mineralien sind auch für Lebewesen bedeutsam. Kalzit und Apatit z. B. kristallisieren in Pflanzen und Tieren.

Basaltkiesel

Feldspatkristall

← Staub zu Staub

Kiesel, Sand und der größte Teil des Bodens sind aus Kristallen – wie das Gestein, aus dem sie durch Verwitterung entstehen.

Quarzitkiesel

Quarzsandkörner

Erde

← Tropfsteinhöhle

Kristalle bilden prachtvolle Stalaktiten und Stalagmiten.

Kalzitkristalle

← Edle Tropfen

Tropfsteine sind vorwiegend aus Kalzitkristallen. Diese Stalagmiten wuchsen, als Wasser mit Kalziumhydrogenkarbonat auf den Boden tropfte, Kohlendioxid entwich, Wasser verdunstete und Kalziumkarbonat entstand.

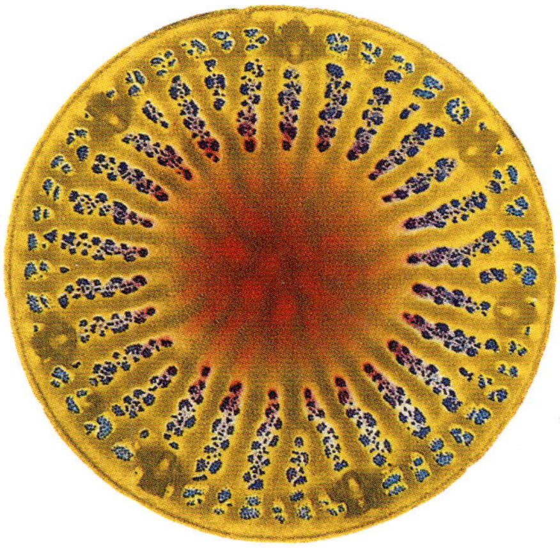

↑ Mikrokristalle

Das Mikroskop zeigt die Struktur der Kieselalge *Cyclotella pseudostelligera* mit Zellwänden aus Quarzkristallen.

↑ Tierisches Mineral

Der Gallenstein einer Kuh ist wie das Mineral Struvit zusammengesetzt.

← Stress

Das vom Körper bei Stress gebildete Hormon Adrenalin kann kristallisieren, wie diese Mikrofotografie zeigt.

← Menschenapatit

Knochen von Wirbeltieren, auch dieser menschliche Oberarmknochen, enthalten winzige Apatitkristalle.

Natürliche Schönheit

Wohlgeformte Kristalle sind von einzigartiger Schönheit und äußerst selten. Sie wachsen nur unter idealen Bedingungen (S. 20–21). Von diesen Exemplaren werden viele durch Menschenhand zerstört (etwa im Bergbau). Die hier abgebildeten Kristalle sind verkleinert dargestellt.

↑ Proustit

Proustit (Lichtes Rotgültigerz) ist ein wichtiges Silbererz. Es bildet kirschrote Kristalle. Dieses Prachtexemplar stammt aus den früheren Silberminen von Chanarcillo in Chile.

↑ „Zahnräder"

Diese hellgrauen Bournonitkristalle stammen aus einer Bleimine in Cornwall in Südwestengland.

Die Science-Fiction-Schöpfung *Kristalltraum* des Franzosen Mœbius (Jean Giraud) hat Kristallformen zum Modell.

Solche riesigen Berg- und Rauchquarzkristalle kommen in Hohlräumen bestimmter Gesteine vor, v. a. in Brasilien.

← Epidot

Dieser einmalig schöne Epidot (hier ein Pistazit) aus den Bergen Österreichs besitzt lang gestreckte, säulenförmige Kristalle mit gelblichem Glasglanz.

↑ Topas

Dieser vollkommene Topaskristall stammt aus den Sibirischen Gebirgen. Dort fand man im letzten Jahrhundert viele wunderschöne Topase. Die meisten waren sherryfarben, einige wogen bis zu 10 kg.

← Baryt

Berühmt für ihre Barytkristalle sind die Eisenminen in Cumbria (Nordengland). Die Kristalle weisen ein reiches Farbspektrum auf, aus jeder Mine kommt vorwiegend eine Farbe. Diese goldgelben Kristalle stammen aus der Dalmellington-Mine.

← Benitoit

Die dreieckigen, saphirblauen Benitoitkristalle vom Ufer des San Benito River in Kalifornien (USA) sind von bisher einzigartiger Qualität und Größe.

Wunderschöne Beryllkristalle aus allen Teilen der Welt

← Kalzit

Kalzit ist ein weitverbreitetes Mineral und tritt als Kristall in vielen Formen und Farbschattierungen auf. Dieses Aggregat (S. 22) besteht aus vielen farblosen Kalzitkristallen, z. T. mit einem Hauch von Rot. Es kommt aus Nordengland.

Kristalle – von außen …

In Kontakt

Das Kontaktgoniometer misst die Winkel zwischen den Kristallflächen. Sie sind bei einem bestimmten Mineral immer gleich groß.

Topaskristall in Messposition

Ideale Kristalle weisen symmetrische Merkmale auf. Es gibt drei Symmetriearten: die „Spiegel- oder Symmetrieebene“ (zwei spiegelbildliche Hälften), die „Symmetrieachse“ (Drehung um die Längsachse, die Anzahl der Drehungen bestimmt die Zugehörigkeit zu den Kristallsystemen) und das „Symmetriezentrum“ (jeder beliebige Punkt spiegelt sich an einem Punkt im Zentrum).

←Romé de L’Isle (1736–1790)

Der Mineraloge führte das bereits 1669 von Steno aufgestellte Gesetz der Winkelkonstanz ein.

Sieben Systeme

Kristalle unterteilt man nach dem Grad der Symmetrie in sieben Hauptgruppen, innerhalb derer sich alle Kristalle auf das gleiche Koordinatensystem (Achsenkreuz) beziehen lassen. Die Würfelform (kubisch) weist die höchste Symmetrie auf, die geringste das trikline System.

Kubisches System beim Bleiglanz, Symmetrieelement: vier dreizählige Drehachsen

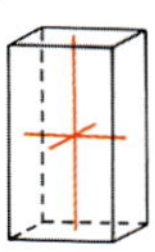

Tetragonales System beim Vesuvian, Hauptsymmetrieelement: eine vierzählige Achse

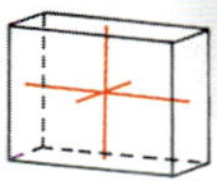

Orthorhombisches System beim Baryt: drei zweizählige Achsen

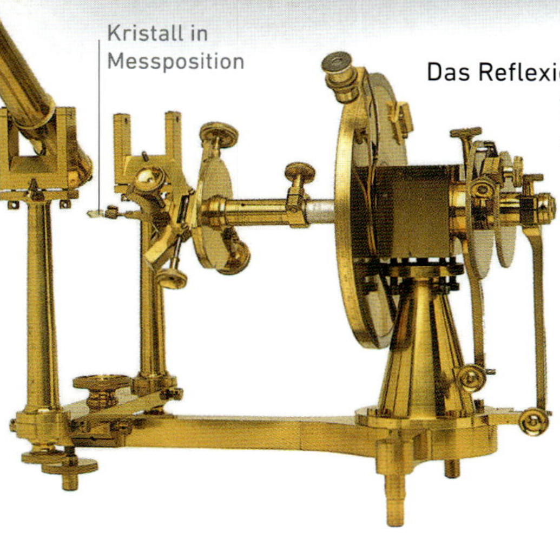

←Messung

Das Reflexionsgoniometer von 1860 misst die Flächenwinkel kleiner Kristalle an der Lichtreflexion. Der Kristall dreht sich, bis eine Reflexion aus zwei angrenzenden Flächen sichtbar wird.

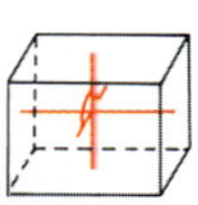

Monoklines System beim Orthoklas (verzwillingt): eine zweizählige Achse

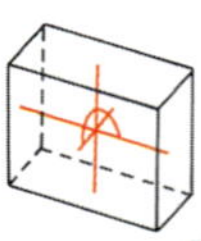

Triklines System beim Axinit: keine Symmetrieachse

Hexagonalsystem beim Beryll: eine sechszählige Achse

←Wer hat recht?

Manche Kristallografen (Kristallforscher) zählen das Trigonal- zum Hexagonalsystem. Die Achsen sind die gleichen, das Trigonalsystem hat jedoch nur dreizählige Symmetrie.

Trigonalsystem beim Kalzit: eine dreizählige Achse

Triklines Modell

Kubisches Modell

Kristallmodelle →

Diese deutschen Modelle entstanden um 1900 zur Veranschaulichung der Symmetrie. Die im Inneren gespannten Bindfäden stellen die Drehachsen dar.

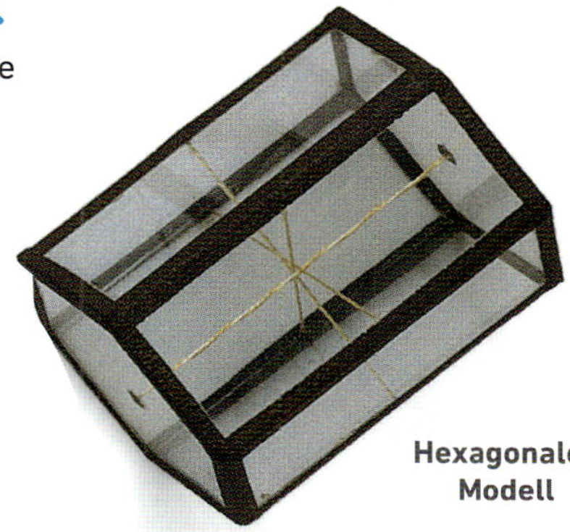

Hexagonales Modell

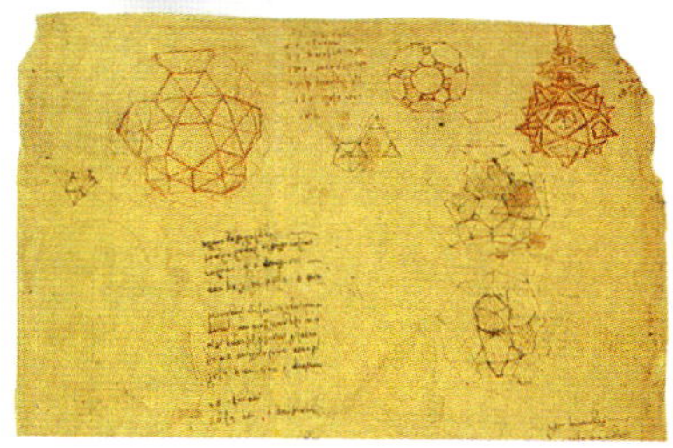

Skizzen über die Transformation geometrischer Körper von Leonardo da Vinci

Formenreich

Kristalle desselben Minerals sind nicht immer gleich. Unterschiedliche Formen im kubischen System zeigen diese drei Pyritkristalle.

↑Würfel

Jede der sechs rechtwinklig angeordneten Quadratflächen schneidet eine der vierzähligen Achsen.

↑Oktaeder

Der Körper hat acht gleichseitige Dreiecksflächen.

↑Pyritoeder

Der Körper besitzt zwölf fünfseitige Flächen.

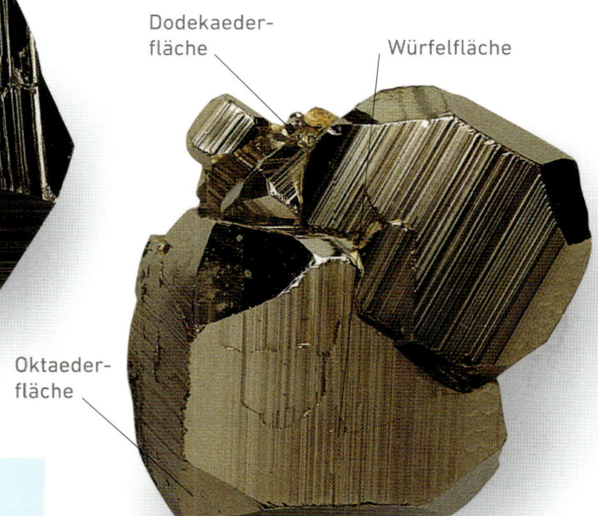

↑Formenkombination

Hier treten Würfel- und Oktaederflächen zusammen mit schwachen Dodekaedern auf.

Würfelformen in verschiedenen Varianten

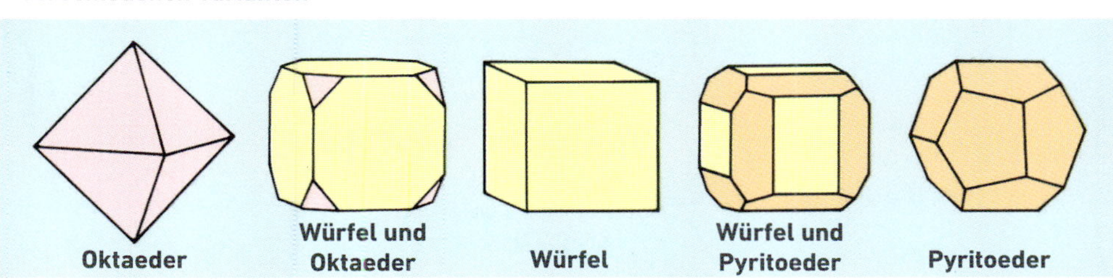

... und von innen

Die regelmäßige Anordnung der Kristallbausteine bestimmt die gleichmäßige Form und andere Eigenschaften. Die Bausteine sind meist Ionen, elektrisch geladene Atome oder Moleküle, die sich gegenseitig stark anziehen, sodass sie ihren Platz nicht verlassen können. Mineralien bilden ihre Kristalle stets auf die gleiche Art. Der Abbé Haüy begründete im 18. Jahrhundert die Lehre von der Kristallstruktur.

↑ Ungleiche Brüder

Diamant und Grafit bestehen beide aus Kohlenstoffatomen, haben jedoch aufgrund ihres unterschiedlichen Aufbaus völlig verschiedene Eigenschaften.

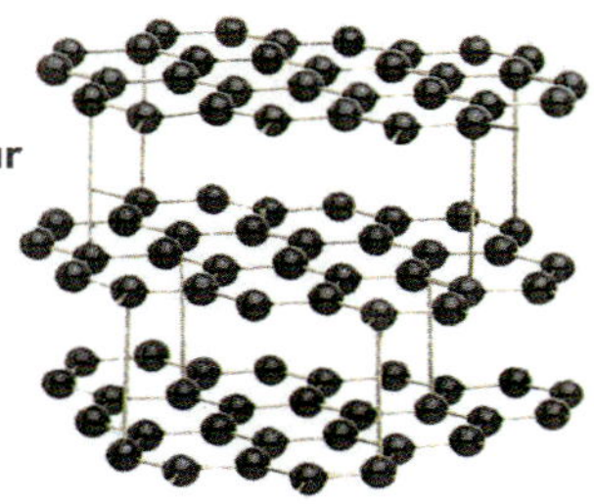

← Grafit

Im Grafit ordnen sich die Kohlenstoffatome zu Sechsecken an, die sich zu schwach verbundenen Schichten zusammenschließen.

↑ Diamant

Jedes Kohlenstoffatom des Diamanten ist mit vier anderen sehr stark verbunden.

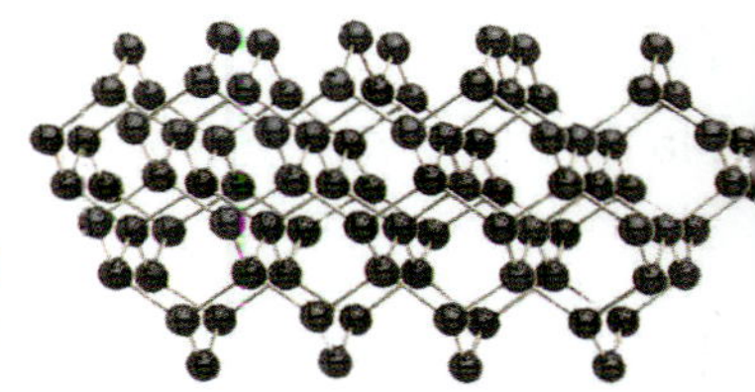

Strukturmodell des Diamanten

Strahlstein →

Außer in Kalkstein kommen Silikatmineralien in allen Gesteinsarten vor. Grundbausteine sind jeweils ein Silizium- und vier Sauerstoffatome (SiO_4).

↑ Goldatome

Kristalline Festkörper haben komplexe Atomgitter. Hier ist ein Goldatomgitter millionenfach vergrößert.

Modell eines Kettensilikats mit SiO_4-Tetraedern

↑ Augit

Augit gehört zu den Pyroxenen, einer wichtigen Silikatgruppe. Die Struktur dieser Mineralien beruht auf einer einfachen SiO_4-Kette.

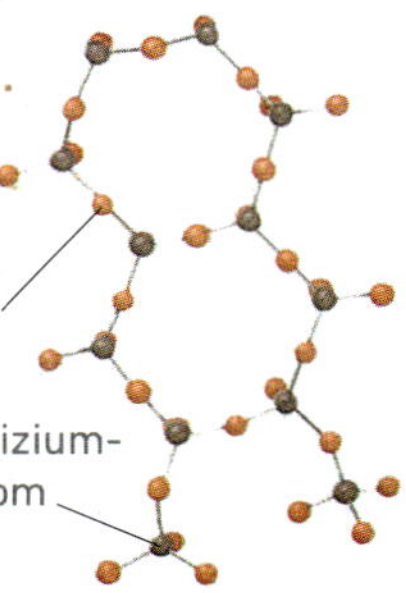

Modell einer Zweierkette mit SiO_4-Tetraedern

Beryll →

Bei manchen Silikaten schließen sich drei, vier oder sechs SiO_4-Tetraeder zu Ringen zusammen. Beim Beryll sind es sechs Tetraeder.

Max von Laue (1879–1960) vermutete, dass Kristallatome gitterartig angeordnet sind.

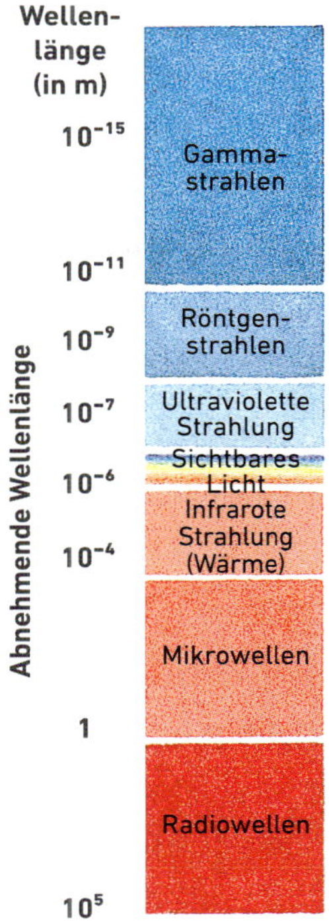

← Elektromagnetische Wellen

Röntgenstrahlen zählen zum elektromagnetischen Strahlungsspektrum. Alle Strahlungen, darunter Licht und Wärme, lassen sich als Wellen beschreiben, die sich nur im Abstand zwischen den Wellenbergen, der Wellenlänge, unterscheiden.

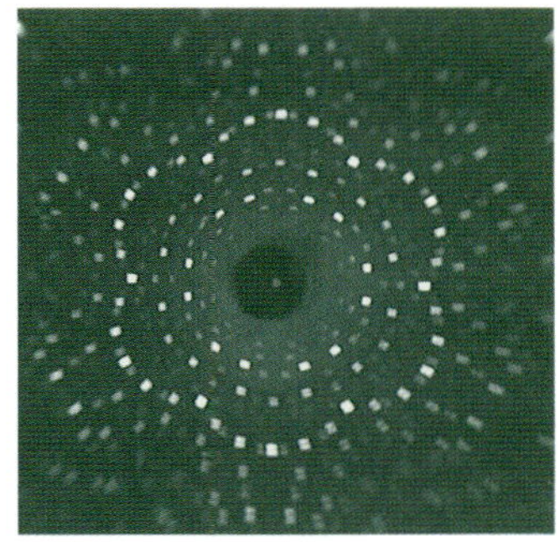

↑ Röntgenbild

Dieses Foto zeigt die Beugung eines Röntgenstrahls durch einen Beryllkristall.

Spaltbarkeit

Manche Kristalle brechen entlang definierter Spaltflächen, die für alle Exemplare ihrer Art typisch sind.

← Glatter Bruch

Dieser blaue Topas aus Madagaskar zeigt einen vollkommenen Bruch. Der Topas zählt zu den Silikaten.

Glimmer →

Glimmer sind gut spaltbar, da die Atome der Schichten schwach verbunden sind.

← Abbé Haüy (1743–1822)

Er schloss von der regelmäßigen äußeren Form der Kristalle auf einen gleichmäßigen Aufbau im Inneren.

Quarz →

Quarz besteht aus dreidimensional fest miteinander verbundenen SiO_4-Tetraedern. Die Kristalle sind schwer spaltbar.

↑ **Mondsteine**
Winzige Albitkristalle im Orthoklas geben Mondsteinen einen weißen oder blauen Schimmer.

Kristallfarben

Viele Mineralien kommen in einem breiten Spektrum von Farben vor. Treffen Lichtwellen auf unser Auge, kommt es zum Sinneseindruck einer bestimmten Farbe. In weißem Licht (Tageslicht) werden vom Kristall einige Wellenlängen reflektiert, andere absorbiert. Die reflektierten Wellenlängen erscheinen als nicht weiße Farbe, da zur Entstehung von Weiß einige Wellen fehlen. Wird kein Licht absorbiert, erscheint das Mineral farblos.

↑ **Durchblicke**
Kristalle sind entweder klar (durchsichtig), durchscheinend (nicht ganz durchsichtig) oder opak (lichtundurchlässig). Die meisten Edelsteine sind klar, können aber farbig oder farblos sein.

Idiochromatisch

Manche Mineralien zeigen immer dieselbe Farbe, da ihre Licht absorbierenden Atome ein wesentliches Element ihrer Kristallstruktur sind. Solche Mineralien nennt man idiochromatisch (eigenfarbig).

↑ **Schwefel**
Schwefel ist ein idiochromatisches Mineral mit leuchtend gelben Kristallen.

↑ **Isaac Newton (1643–1727)**
Der berühmte englische Physiker erforschte u. a. die Natur des weißen Lichts und entdeckte, dass man es in sieben verschiedene Farben zerlegen kann.

Zerlegung des weißen Lichts (Dispersion) in die Spektralfarben durch ein Prisma

Azurit →
Azurit ist ein Kupfermineral mit Blauton, daher der Name „azurblau“.

Allochromatisch

Viele Mineralien kommen aufgrund von Unreinheiten oder Licht absorbierenden Fehlern in der Struktur in vielen Farben vor. Man bezeichnet sie als allochromatisch.

Rhodochrosit →
Manganmineralien wie dieser Rhodochrosit (Manganspat) sind meist zartrosa oder rot.

← Kobaltblüte
Kobaltmineralien sind in der Regel rosa oder rötlich.

Fluorit →
Manche Mineralien absorbieren unsichtbares ultraviolettes Licht (S. 15) und strahlen dann sichtbares Licht ab, sie „fluoreszieren".

Farbenspiel

Manche Mineralien schillern wie Seifenblasen oder die Oberfläche eines Ölfilms. Das beruht auf der Brechung und Reflexion von Licht an verschiedenen Schichten, die dazu führen, dass sich die Lichtwellen überlagern (Interferenz). Bei Kristallen sind hierfür Verzwillingung (S. 21) und Spaltflächen (S. 15) verantwortlich.

↑ Salz
Die Farbigkeit von Kochsalz kommt vermutlich von einem fehlenden Atom in der Struktur.

← Hämatit
Diese Hämatitkristalle schillern in allen Regenbogenfarben, sie „irisieren". Ursache ist die Überlagerung von Lichtwellen (Interferenz).

← Labradorit
Dieses Feldspatmineral bildet gelbliche Kristalle, öfter aber graublaue kristalline Massen. Innere Zwillingsbildung führt zu Interferenz und schillerndem Farbenspiel („Labradorisieren").

Bestimmung

Um ein Mineral, einen Kristall oder einen Edelstein zu bestimmen, muss man seine Eigenschaften untersuchen. Fast alle Mineralien haben eine fest definierte chemische Zusammensetzung und eine klar erkennbare Struktur (S. 14–15) als charakteristische Merkmale. Farbe (S. 16–17), Habitus (S. 22–23), Spaltbarkeit (S. 15) und Oberfläche kann man mit der Lupe untersuchen, doch reicht das meist nicht zur eindeutigen Bestimmung. Auch Härte und Dichte (spezifisches Gewicht, D) sind mit einer Grundausrüstung zu ermitteln, für weitere Eigenschaften sind komplizierte Geräte nötig.

↑ Verwechselbar
Fast gleich, aber doch verschieden: ein gelber Topas (S. 42) und ein Zitrin (S. 32).

Doppelbild eines Wollfadens in Kalzit

← Doppelt
Eine Eigenschaft mancher Kristalle ist die Doppelbrechung. Das einfallende Licht wird gespalten, sodass ein doppeltes Bild entsteht.

Orthoklas
D 2,6

Bleiglanz
D 7,4

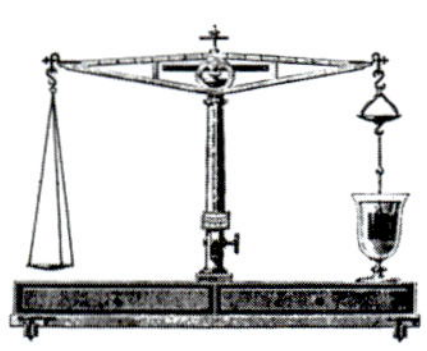

Hydrostatische Waage zur Bestimmung des spezifischen Gewichts

↑ Ausgewogen
Das spezifische Gewicht (Dichte) gibt an, um wie viel ein Stoff schwerer ist als die volumengleiche Menge Wasser. Das Gewicht eines Körpers geteilt durch sein Volumen ergibt seine Dichte.

Härte

Die Härte eines Festkörpers hängt davon ab, wie stark die Bindungskräfte zwischen den einzelnen Atomen sind. 1812 entwickelte Friedrich Mohs die nach ihm benannte Härteskala. Er wählte zehn Mineralien aus und ordnete sie aufsteigend von 1 bis 10 nach ihrer Härte, wobei jedes nur das unter ihm platzierte ritzen kann.

1 Speckstein **2 Gips** **3 Kalzit** **4 Flussspat**

10 Diamant

Rasterfahndung↓

Dieser Diamant wurde mit dem abgebildeten Rasterelektronenmikroskop untersucht: Ein Elektronenstrahl tastet ihn ab, es entsteht ein typisches Röntgenspektrum (unten).

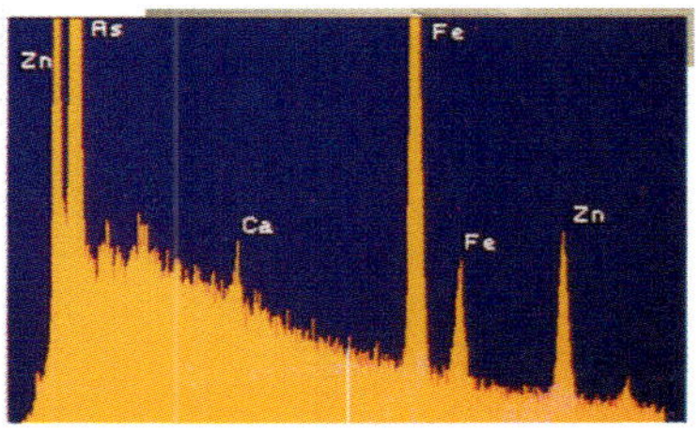

Das Röntgenspektrum zeigt Spitzen für Eisen (Fe), Arsen (As), Kalzium (Ca) und Zink (Zn).

↑Überraschend

Wichtig ist die chemische Zusammensetzung eines Kristalls oder Minerals. Diese blaugrauen Kristalle auf Brauneisenerz entpuppten sich beim Röntgen als Symplesit (Eisenarseniat). Weitere Untersuchungen ergaben überraschenderweise auch Kalzium- und Zinkanteile.

Rubin, durch Chrom verfärbt

Alamandin-Rubin, durch Eisen verfärbt

↑„Wellenbrecher"

Unter dem Spektroskop kann man Edelsteine gleicher Farbe unterscheiden. Licht fällt durch einen Schlitz und spaltet sich in die Spektralfarben auf (S. 16).

Spinell B = 1,71

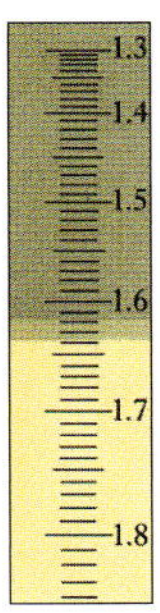

Turmalin B = 1,62 und 1,64

←Schattenspiele

Der Brechungsindex (B) eines Minerals bezeichnet seine Fähigkeit, einen Lichtstrahl zu beugen. Mit einem Refraktor (Brechungsmesser), der einen Lichtstrahl durch den Stein sendet, lässt sich der Index ermitteln.

9 Korund

Diamant

8 Topas

7 Quarz

6 Orthoklas

5 Apatit

Saphir

Chrysoberyll

Topas

Granat

Amethyst

Peridot

Opal

Mohs (1773–1839)→

Der Mineraloge Friedrich Mohs entwickelte die nach ihm benannte Härteskala.

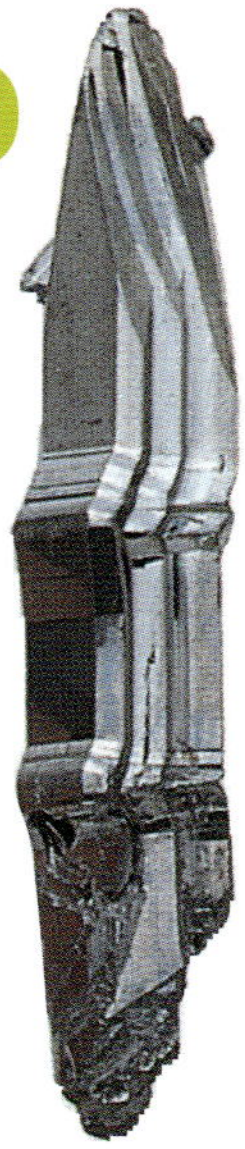

Wachstum

Kristalle wachsen, indem sich die Bausteine Schicht für Schicht zu einem regelmäßigen dreidimensionalen Gitter (S. 14–15) anordnen. Sie bilden sich aus Gasen, Flüssigkeiten oder Festkörpern und wachsen aus einem Keim oder von einer Oberfläche. Ein vollkommener Kristall ist selten. Temperatur, Druck, chemische Bedingungen und vorhandener Platz beeinflussen das Wachstum.

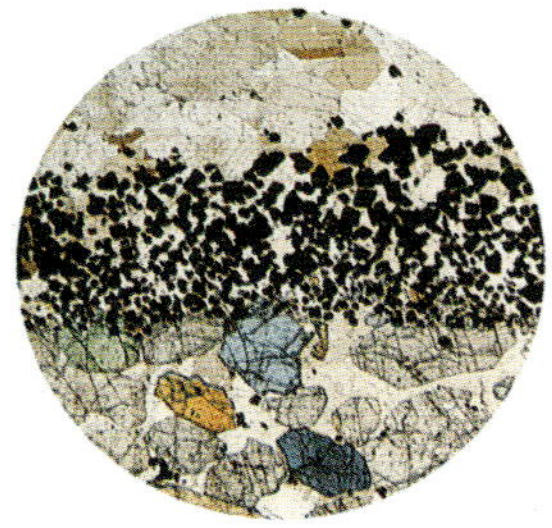

↑Kristallschichten
Die Vergrößerung (Mikrofotografie) zeigt Schichten verschiedener Kristalle in einem Dünnschliff.

↑Kristallisation
Bei der Abkühlung von Magma bilden sich verschiedene Kristalle, manchmal in Schichten, da die gesteinsbildenden Mineralien nicht gleichzeitig auskristallisieren.

↑Verdreht
Manche Kristalle sind wie dieser Antimonit verdreht – vielleicht durch mechanische Einwirkung beim Wachsen.

Mineralquellen→
Heiße, wässrige Minerallösungen und mineralhaltige Gase kommen manchmal durch heiße Quellen oder durch Fumarolen genannte Gasaustrittsstellen an die Erdoberfläche. Die Mineralien (z. B. Salmiak) können dann auskristallisieren.

←Im Inneren
Kristalle wachsen oft in Hohlräumen von Gesteinen, welche dann Drusen genannt werden. Diese Druse wurde 1979 in Maine (USA) gefunden.

←Mit Gewalt
Durch die hohen Temperaturen und den Druck in der Erdkruste können Mineralien in Festgestein neu kristallisieren (Metamorphose). So entstanden diese Cyanit- und Staurolithkristalle.

←Überraschung
Viele Mineralien kristallisieren aus wässrigen Lösungen. Dieses Exemplar entstand aus einem Flussspat, der mit Siderit überzogen wurde. Später löste sich der Flussspat auf, die typische Würfelform seines Kristalls blieb erhalten. Zuletzt wuchsen Kupferkies- und Quarzkristalle darin.

Bausteine→
Hochhäuser entstehen ähnlich wie Kristalle – in Schichten in derselben symmetrischen Form.

Zwillinge

Beim Kristallisieren können zwei Kristalle eines Minerals miteinander verwachsen oder sich durchdringen (Berührungs- und Durchdringungszwillinge).

↑Schmetterlinge

Diese Zwillingsform nennt man Schwalbenschwanz. Das Bild zeigt einen Kalzitkristall.

↑Ätzend

Wie in diesem Beryll können Säuren oder heiße Gase in Mineralien Ätzfiguren bilden, wenn sich das Mineral löst.

↑Spirale

Kristallflächen sind selten eben. Hier sieht man, dass die Atome Spiralen statt der üblichen Schichten über die Fläche bilden.

↑Durchkreuzt

Bei diesem violetten Flussspat-Zwilling durchdringen sich zwei Kristalle.

←Um die Wette

Wachsen zwei Kristallformen gleichzeitig (S. 13), bilden sich an den Kristallflächen Zwillingsstreifen.

Trichterförmig→

Wenn einige Kristalle an den Kanten schneller wachsen als im Inneren, entstehen trichterförmige Hohlräume in der Kristallfläche wie bei diesem Bleiglanz.

Kristallgehege→

Hämatit-, Chlorit-, Turmalin- und andere Kristalle durchziehen als Einschlüsse andere Mineralien.

Flussspatkristall mit Einschlüssen alter mineralbildender Flüssigkeiten

↑Phantomquarz

Diese Schichten bildeten sich, als dunkelgrüne Chlorite die Quarzkristalle in Wachstumspausen überzogen. Man spricht dabei von Phantom- oder Gespensterquarz.

↑ Tafelig
Dieser Wulfenit stammt aus der Red-Cloud-Mine in Arizona (USA). Sein Aussehen (Habitus) ist tafelig. Solche Kristalle sind oft sehr dünn. Wulfenit zählt zum Tetragonalsystem.

Wohlgestaltet

Zwei Faktoren bestimmen die Gestalt eines Kristalls, die „Tracht" (Flächenkombination: „Welche Flächen kommen vor?") und der Habitus (lat. für „Aussehen"). Der Habitus ergibt sich aus der relativen Länge und Breite der Flächen eines Kristalls. Viele Kristalle haben im Idealfall einen ganz typischen Habitus und sind dann schon an ihrer äußeren Form erkennbar. Häufig kommen Mineralien aber als Kristallgruppen, als „Aggregate" vor.

↑ Zwei Formen
Diese Kalzitkristalle zeigen zwei Formen: ein stielartiger Skalenoeder, darauf ein Rhomboeder.

← Stalaktitisch
So nennt man die Goethit-Aggregate in dieser Gruppe. Goethit ist ein wichtiges Eisenerz und gehört zum orthorhombischen System.

↑ Stachelig
Wie ein Seeigel mutet dieser Mesolith aus Indien mit seinen nadeligen, radiastrahligen Kristallen an. Sie sind leicht zerbrechlich und stechen wie Nadeln.

Massivbau →
Wenn die Kristalle wie bei diesem Dumortierit nicht einzeln erkennbar sind, sondern dicht gepackt, spricht man von massiven Kristallen.

↑ Kristallartig
Die Basaltsäulen im Giant's Causeway an der Nordküste Irlands sind kein Kristallgebilde, sondern erstarrte Lava.

Erbsenmuster →
Dieser Kalkstein aus Tschechien ist pisolithisch, nach runden Kristall-Aggregaten (Pisolithen) benannt.

← Dendritisch

Baumartig ist der Habitus dieser Kupferkristalle aus New South Wales (Australien). Kupfer bildet sich oft in Basaltflüssen, man findet es auch in gekörnter Form in Sandstein.

← Prismatisch

Beryllkristalle kommen häufig in Granitpegmatiten (S. 25) vor und können riesig sein. Diese sind über 9 m lang und prismatisch – in einer Richtung länger als in der anderen.

Gipszwilling

← „Ohren“

Wie Ohren wachsen diese beiden Gipskristalle auf den linsenförmigen Kristallen aus Winnipeg (Kanada).

↑ Korallenartig

Die Gestalt dieser blassgrünen Aragonitkristalle aus der Steiermark (Österreich) ähnelt Korallen.

Blättriger Hornblendekristall

Kugelförmige Kalzitkristalle

← Eiskugeln

Wie Eiskugeln sehen die kugeligen Kalzitkristalle aus. Bei den anderen Kristallen handelt es sich um klaren Quarz. Das Aggregat kommt aus der Valenciana-Mine in Mexiko.

← Blättrig

Der prismatische, schwarze Block aus dünnen, langen Blättchen besteht aus Hornblende. Die weißen Kristalle sind Analcim, das rötliche Mineral ist Serandit.

Quarzhöhle →

Physikalische und chemische Bedingungen beeinflussen das Kristallwachstum. Viele Kristalle entstehen in Hohlräumen, z. B. in einer solchen Quarzgrotte (Darstellung aus dem 19. Jh.).

Seit uralten Zeiten

Bereits in prähistorischer Zeit suchte man nach Bodenschätzen und Edelsteinen. Kupfer ist relativ häufig. Silber, Gold und Diamanten sind seltener. Mineralien, aus denen man Nutzmetalle wie Kupfer, Eisen oder Zinn gewinnt, nennt man Erze.

Stich aus dem 19. Jh.: Bergleute fahren in die Steinsalzmine in Wieliczka (Polen) ein.

↑Verstreute Körner

Heute werden Gesteine mit weniger als 2 % Erzanteil abgebaut. Das Erz wie dieses Kupferkies-Eisenerz ist in kleinen Körnchen im Gestein verteilt.

↑Römer in Cornwall

Die Technik des Bergbaus hat sich seit der Römerzeit verbessert, doch noch immer wird das Erz gepocht, von anderen Ganggesteinen geschieden und anschließend verfeint.

Barren gefeinten Zinns aus Cornwall (England)

←Reiche Ader

Größere Erzvorkommen treten als Adern auf, doch die meisten hochwertigen Erze sind bereits abgebaut. Erzadern werden in der Regel unter Tage ausgebeutet.

←Allmähliche Verbesserung

Die natürliche sekundäre Anreicherung kann geringe Erzanteile in höhere verwandeln. Das Grundwasser sickert durch die oberen Gesteinsschichten und führt Elemente nach unten, die sich in unteren Schichten ablagern. Angereicherte Schichten können enthalten: Azurit, Malachit, auch Linsenerz oder Sulfidmineralien wie Bornit, Kupferglanz und Kupferindigo.

Goldwäscher↓

Im wirbelnden Wasser der Metall- oder Holzschale werden die unerwünschten Ganggesteine weggewaschen, Gold oder andere Mineralien bleiben zurück.

Ein Goldwäscher am Irrawaddy in Birma sucht nach aufblitzenden Goldkörnern.

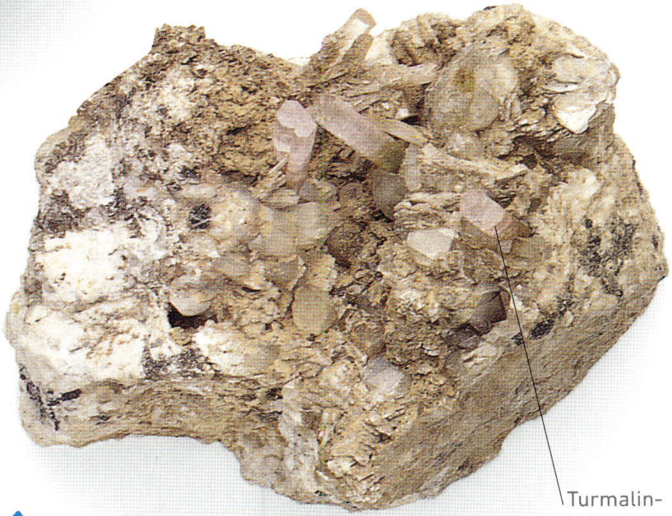

Turmalin-kristall

↑Nachzügler

Granitpegmatite sind aus großen Kristallen und liefern Schmucksteine wie Turmalin (S. 43), Topas (S. 42), Beryll (S. 38–39). Sie kristallisieren vor dem Erstarren des Granits.

←Australien↑

In diesem australischen Untertagebau werden schöne weiße Opale (S. 40–41) gefördert.

↑Tagebau

Aus der Argyle-Mine in Australien kommt ein Fünftel der jährlich geförderten Diamanten.

Etwas kleiner→

Diese Beryllkristalle messen etwa 20 × 14 cm, sind im Vergleich zu anderen Kristallen in Pegmatiten aber klein.

↑Wismut
Diese Wismutkristalle entstanden durch Schmelzen und Abkühlen des Metalls.

Zuchtkristalle

Seit über 100 Jahren bemühen sich Forscher um die künstliche Erzeugung von Kristallen, die jenen aus der Erdkruste gleichen. Naturkristalle enthalten oft Verunreinigungen oder Fehler (S. 20–21), synthetische lassen sich makellos und in beliebiger Gestalt und Größe herstellen. In jüngster Zeit haben Kunstkristalle für die moderne Technologie an Bedeutung gewonnen. Heute finden sie sich in fast jedem elektronischen oder optischen Gerät.

Silizium↑
In der Natur kommt reines Silizium nicht vor, doch man kann Kristalle züchten. Quarzsand wird erhitzt. In die Schmelze taucht man einen Kristallkeim und zieht ihn heraus.

Smaragd→
Viele Smaragde entstehen durch Schmelzflusstechnik. Die Bestandteile des Smaragds werden in Pulverform mit einem Schmelzmittel erhitzt. Nach der Abkühlung bilden sich Kristalle.

Synthetischer Smaragd, geschliffen

Synthetischer Smaragdkristall

↑Kristalle im All
Der Astronaut George Nelson fotografiert einen Zuchtversuch mit Proteinkristallen an Bord der *Discovery* 1988.

Kristallzucht

Lupenreine Kristalle lassen sich durch Abkühlen oder Verdunstung übersättigter Salzlösungen (Halit, Alaun oder Ammoniumdihydrogenphosphat (ADP)) erzeugen. Hier wurde ADP-Pulver mit Chromalaun-Verunreinigung in Wasser aufgekocht und dann abgekühlt.

Die Flüssigkeit erkaltet: Bildung prismatischer wolkiger Kristalle

Die Kristalle wachsen langsamer und werden klarer.

Die Kristalle wachsen bei Raumtemperatur weiter.

Weiteres Wachstum, da das Wasser verdunstet

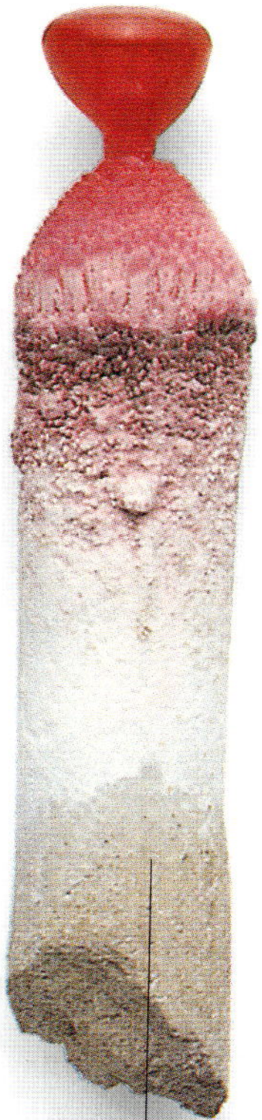

← Einkristall

Um 1900 erfand Auguste Verneuil (1856–1913) ein Verfahren zur Herstellung künstlicher Edelsteine. Pulver wird geschmolzen und tropft auf einen Schamottestab. Beim Abkühlen bildet sich ein Einkristall.

Schamottestab

↑ Henri Moissan (1852-1907)

Der französische Chemiker versuchte, Kunstdiamanten in Eisentiegeln zu erzeugen.

Geschafft! ↑

1970 gelang der General Electric Company die Herstellung solcher Diamanten in Edelsteinqualität.

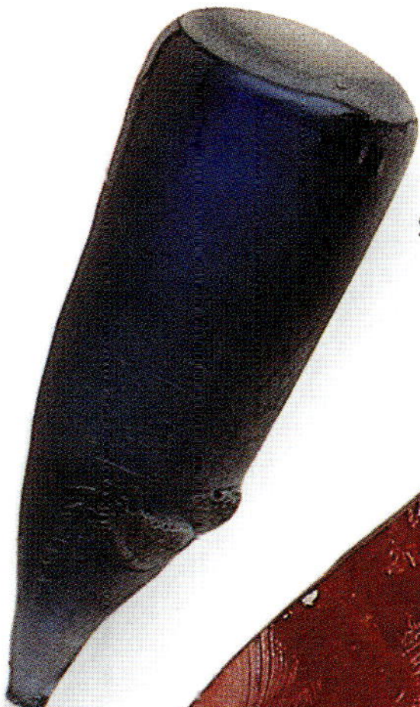

Synthetischer Einkristall, Saphir

Zwei Hälften eines synthetischen Rubin-Einkristalls

Synthetische Rubine aus einem Tiegel

Tiegel mit kleinen Edelsteinen, 1890

↑ Immer größer

Der französische Chemiker Edmond Frémy (1814–1894) züchtete 1877 als Erster größere Rubinkristalle. Im Porzellantiegel verschmolz er die Grundstoffe bei sehr hohen Temperaturen.

Hexagonaler Karborundkristall

← Fast so hart wie Diamant

Der künstliche Stoff Karborund (Siliziumkarbid) wird in elektrischen Schmelzöfen, die mit Sand und Koks beschickt werden, erzeugt. Die Härte beträgt 9,5 (S. 18–19). Karborund findet v. a. als Schleifmittel Verwendung.

Traum vom Goldmachen →

Jahrhundertealt ist dieser Traum, wie der Ausschnitt aus dem Gemälde *Der Alchemist bei der Arbeit* von David Teniers dem Jüngeren (1610–1690) zeigt.

Kristalle bei der Arbeit

Kristalle spielen eine wichtige Rolle im technischen Zeitalter. Zwar wusste man bereits früher Grundlegendes über Kristalle, doch erst in jüngster Zeit gewann die Kristalltechnologie an Bedeutung: Kristalle finden in Steuerschaltungen, Maschinen, Kommunikationsmitteln, Industriewerkzeugen, in der Elektronik und in der Medizin Verwendung. Aus dem Kristalllabor (S. 26–27) kamen schon der Siliziumchip, Rubin-Laser und Diamanten für vielerlei Werkzeuge.

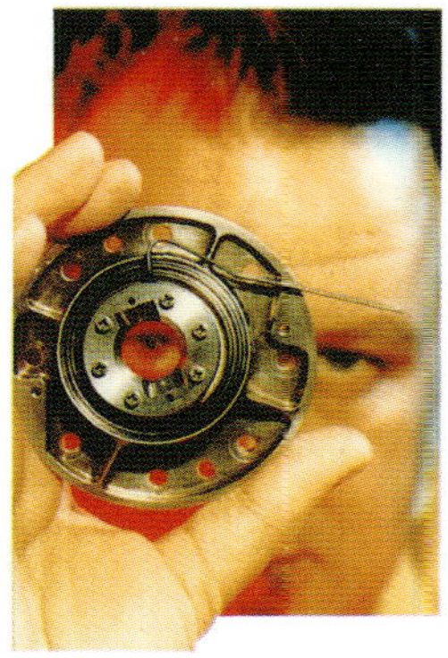

← Fenster

Auch im All setzt man Diamanten ein, da ihre Härte extremen Bedingungen trotzt. Bei der *Pioneer*-Sonde zur Venus setzte man ein nur 2,8 mm dickes Diamantfenster in dieses Infrarot-Radiometer ein. Es widerstand 450 °C.

Siliziumchip (unter Schutzabdeckung)

← Platine

In einem Großcomputer befinden sich viele Chips. Sie sind durch Leiterbahnen auf einer Trägerplatte (Platine) verbunden.

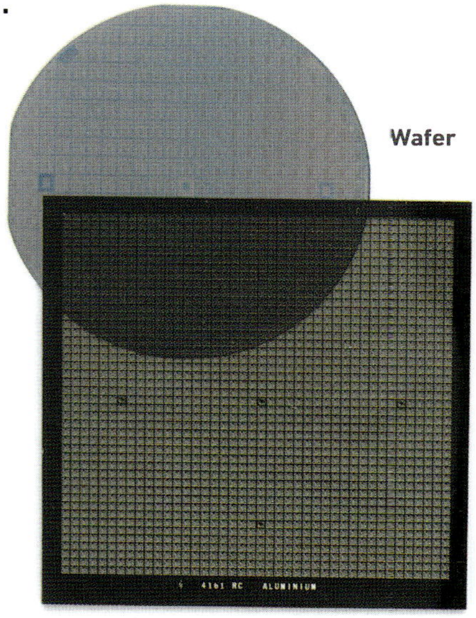

Wafer

Siliziumchip-Matrix

← Hauchdünn

Siliziumchips stellt man aus Wafers, hauchdünnen Scheiben von künstlichen Siliziumkristallen (S. 26), her. Die elektronischen Schaltungen werden aufgeätzt.

Rubinstab ↓

Manche Laser verwenden Rubinkristalle. Die Atome im Rubin werden durch Lichtwellen angeregt (S. 15) und es entsteht ein reinroter Laserstrahl.

Siliziumchip

← Kluge Karten

In den Siliziumchips dieser Kreditkarten sitzen eingebaute Minicomputer. Solche „klugen" Karten, die immer noch weiterentwickelt werden, geben Auskunft über den Kontostand und persönliche Daten.

↑ Laserstrahlen

Die sehr heißen Laserstrahlen können auf kleinste Punkte gerichtet werden und dort schneiden oder verbinden.

Diamantwerkzeug

Zum Sägen, Bohren und Schleifen werden Diamanten wegen ihrer Härte verwendet. Man setzt sie in vielen Bereichen ein, vom Steinbruch bis zur Augenchirurgie. Entsprechend unterschiedlich sind Form und Größe. Über 80 % der Industriediamanten sind synthetisch.

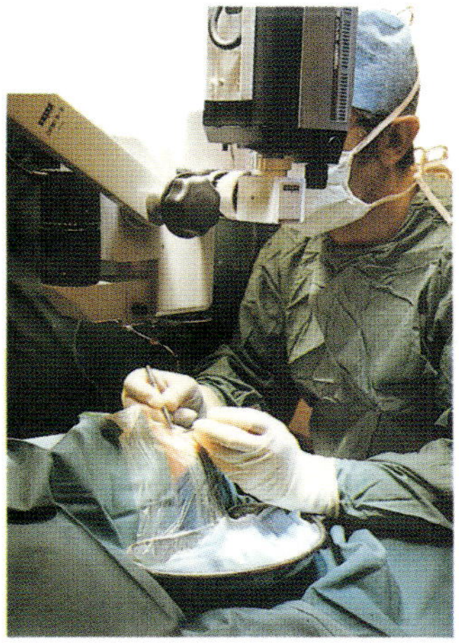

Augenoperation: Der Chirurg benutzt ein Skalpell mit Diamantklinge.

Diamantskalpell →

Der Diamant ist nicht nur hart, sonder auch rostfrei, also ideal für die Chirurgie. Dieses Skalpell hat eine Naturdiamantklinge.

Diamant-klinge

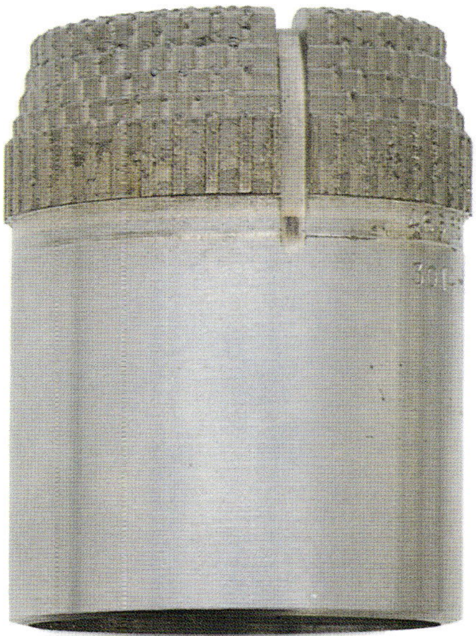

Bohrer →

Im Bergbau und zur Ölförderung benutzt man Diamantbohrer. Meist sind die Meißel mit Diamanten besetzt. Andere Bohrer werden mit Diamantenstaub oder -schmirgel beschichtet.

Mit Naturdiamanten besetzte Bohrkrone

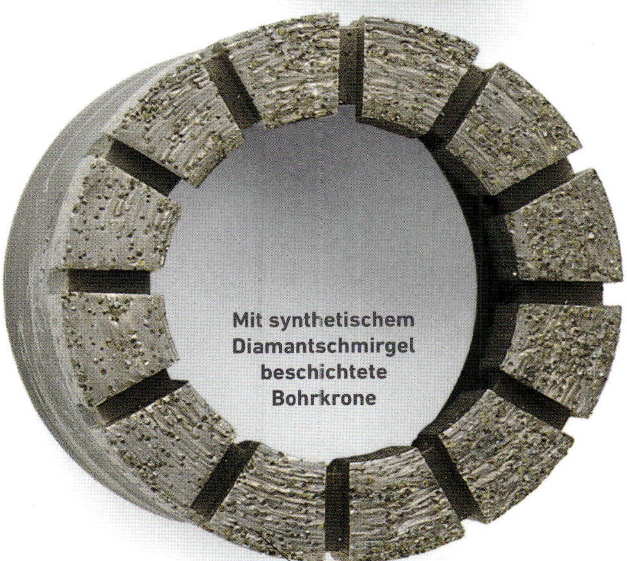

Mit synthetischem Diamantschmirgel beschichtete Bohrkrone

Schneideteil mit synthetischem Diamantschmirgel

↑ Diamantstaub

Schleif- und Polierpulver stellt man aus Synthetikdiamanten oder wertlosen Natursteinen her.

← Draht

Beim Schneiden mit Diamantdraht gibt es kaum Materialverlust. Diamantdraht benutzt man u. a. zum Schneiden von Steinen und für Abrissarbeiten an Betonbauten.

„Perle“ aus synthetischem Diamantschleifstein

Säge →

Mit Diamanten besetzte Sägen schneiden Glas, Keramik und Stein. Die Sägeblätter aus Stahl haben einen mit Industriediamanten bestückten Rand.

↑ Riesenkristall
Quarzkristalle aus Brasilien spielten vor dem Aufkommen von Synthetikkristallen (S. 26–27) eine große Rolle in der Elektronik. Ein Minenarbeiter trägt einen der Riesenkristalle.

Immer in Schwung

Quarz ist nach den Feldspaten das häufigste Mineral der Erdkruste. Es tritt oft in Adern auf (S. 24), und oft gehen Quarzvorkommen mit anderen großen Minerallagern einher. Quarz ist auch ein Hauptbestandteil von Granit, Sand und Sandstein. Als Quarzit und Sandstein dient er als Baumaterial und bei der Herstellung von Glas und Keramik. Eine Eigenschaft der Quarzkristalle ist die Piezoelektrizität. Dadurch eignet sich Quarz zur Druckmessung, und Quarzkristallschwingungen sorgen für gleichbleibende Frequenzkontrolle.

↑ Kristall-Trio
Große Quarzkristalle sind in diesem Granitpegmatitkristall-Aggregat (S. 25) zu sehen, außerdem Feldspat und Glimmer, die anderen Hauptbestandteile des Granits.

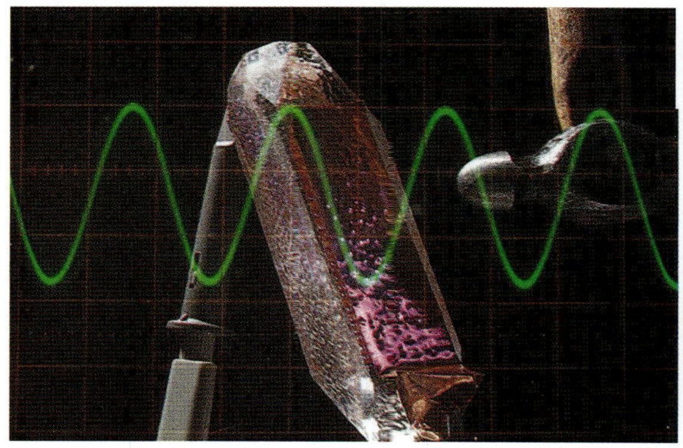

↑ Energiewellen
Quarzkristalle in der Elektronik: Sie verwandeln die mechanische Energie eines Hammerschlags in elektrische Impulse, was man am Oszillographenschirm verfolgen kann.

↓ Prismen
Quarz wie dieses Kristall-Aggregat kristallisiert meist in sechsseitigen Prismen mit Rhomboederendungen (S. 22). Die Achse zeigt nur dreizählige Symmetrie.

↑ Unerwünscht
Viele Quarzadern tragen metallische Minerallager (S. 24). Dieser Quarz enthält Gold. Quarz und Gold wurden durch hydrothermale (heiße, wässrige) Lösungen dort abgelagert. Im Bergbau gilt Quarz als unerwünschtes Mineral, als „Gangart".

„Links-Quarz"-Kristall

„Rechts-Quarz"-Kristall

← Rechts oder links

In einem Quarzkristall verbinden sich Silizium- und Sauerstoffatome zu einem Tetraeder (einer vierseitigen Dreieckspyramide). Es bildet sich eine links- oder rechtsläufige Spirale.

Das Kristallpendel soll den Heilungsprozess fördern.

Magische Kräfte

Manche glauben, das elektromagnetische Feld des Körpers, die Aura, sauge die Strahlung der Kristalle und Steine auf und der Empfänger könne dadurch Krankheitsursachen erkennen und gesunden.

← Klar

Bergkristalle wie aus diesem Aggregat aus den USA werden wegen ihrer Schönheit und Klarheit geschätzt und oft zum Heilen verwendet.

Alpen-Aggregat →

Quarz gibt es in vielen Formen. Das hier sind Rauchquarz-Aggregate aus den Alpen.

Heilkräfte →

Katrina Raphaell, die Gründerin der Crystal Academy in Taos (New Mexico, USA) führt eine Heilung durch Auflegen von Steinen und Kristallen vor.

Piezoelektrizität

1880 entdeckten die Brüder Pierre und Jaques Curie, dass man durch Druck positive und negative Ladungen in einem Quarzkristall erzeugen kann. Später stellte sich heraus, dass er in einem elektrischen Wechselfeld in Schwingung gerät. Dies wird zur Kontrolle von Funkwellen und in Quarzuhren verwendet.

Jacques und Pierre Curie mit ihren Eltern

↑ Kunstprodukt

Um der steigenden Nachfrage nach reinen, makellosen Quarzkristallen gerecht zu werden, stellt man sie künstlich her (S. 26).

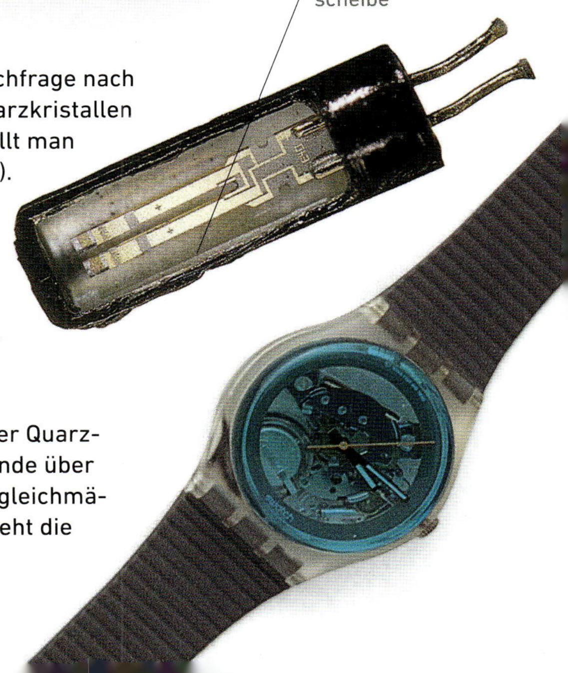

Genau →

Eine Quarzkristallscheibe sorgt für den genauen Gang der Uhr.

Schwungvoll →

Die Kristallscheibe einer Quarzuhr schwingt pro Sekunde über 30 000-mal. Durch die gleichmäßigen Schwingungen geht die Uhr sehr genau.

QUARZKRISTALL
Kristallsystem: trigonal
Härte: 7
Dichte: 2,65

Quarz

Quarz ist Siliziumdioxid. Es kommt in einzelnen Kristallen oder als feinkörniges Mineral in vielen Formen, Mustern und Farben vor. Unter idealen Bedingungen wachsen Riesenkristalle, besonders in Brasilien. Der bislang größte Bergkristall war 6 Meter lang und wog über 48 Tonnen. Der Name Quarz bezeichnet meist einzelne Kristalle oder derbe Aggregate, der feinkörnige Typ heißt Chalzedon oder Jaspis.

↑ Sand und Staub
Quarz ist ein Hauptbestandteil von Sand und Staub. Daher kann Staub weichere Steine abtragen.

Amethyst bis Zitrin

Die bekanntesten Einkristalle bei Quarz sind farbloser Bergkristall, violetter Amethyst, Rosenquarz, Rauchquarz und gelber Zitrin.

↑ Bacchus von Caravaggio
Nach einem französischen Gedicht aus dem 16. Jh. beschloss der Weingott Bacchus im Zorn, den ersten Menschen, der ihm begegnete, den Tigern zum Fraß vorzuwerfen. Das war die Jungfrau Amethyst.

↓ Begehrt
Die schönsten Amethyste – von allen Quarzen am begehrtesten – kommen aus dem Uralgebirge (Russland), aus Brasilien, Uruguay und Indien.

↑ Konkurrenzlos schön
Diese Schatulle stammt aus dem 19. Jh. Schmucksteine und Perlen umgeben einen erlesen schönen Zitrin.

↑ Farbenfroh
Farbloser Bergkristall ist reiner Quarz. Die farbigen Amethyste und Zitrine enthalten Eisen, Rosenquarz Titan und Eisen. Aluminium färbt Rauchquarz.

Rose →
Einkristalle sind beim Rosenquarz selten. Bevorzugt wird der Cabochonschliff (S. 59) oder die Verarbeitung zu Perlen.

Dichte

Viele Quarzarten, die sich aus winzigen Körnern oder Fasern zusammensetzen, sind dicht. Chalzedon – wie Karneol, Chrysopras und Achat – und Jaspis unterscheiden sich durch unterschiedliche Anordnung dieser Körner.

↑ Achat

In Chalzedon liegen die Körner in Schichten, deren Aufbau in den verschiedenfarbigen Achatschichten klar erkennbar ist.

↑ Ersetzt

Diese Tigeraugenader enthielt ursprünglich Asbestkristalle. Sie lösten sich auf und wurden durch Quarz und Eisenoxide ersetzt.

Poliertes Tigerauge mit Katzenaugeneffekt

↑ Verwandlung

Durch Hitze wandelt man in weniger attraktiven Chalzedonen eisenhaltige Mineralien in Eisenoxide um. So entsteht das begehrte Orangerot der Karneole.

← Mehrfarbig

Die Quarzkristalle im Jaspis verteilen sich unregelmäßig und vermischen sich mit Verunreinigungen.

← Chrysopras

So nennt man die besonders kostbare, lebhaft grüne Chalzedonart. Schon in vorgeschichtlicher Zeit fand er als Schmuckstein Verwendung. Die beste Qualität liefert Australien.

In Gold gefasste Chrysopras-Kamee

DIAMANT
Kristallsystem: kubisch
Härte: 10
Dichte: 3,5

Diamant

Seinen Namen verdankt der Diamant seiner extremen Härte. *Adamas* bedeutet im Griechischen „unbezwingbar". Diamant ist reiner Kohlenstoff und hat eine stark vernetzte Kristallstruktur (S. 14). Das härteste aller Minerale entstand 200 Kilometer tief in der Erde und kann bis zu 3000 Millionen Jahre alt sein. Heute gewinnen mehr als 20 Länder Diamanten. Russland und der Kongo zählen zu den Hauptproduzenten. Außerdem gibt es synthetische Diamanten. Der Diamant besitzt großen Glanz (Lüster) und lebhaftes Feuer, am besten bringt das der Brillantschliff (S. 58) zur Geltung.

← Kimberlit
Dieser vulkanische Stein, in den der Diamant eingebettet liegt, heißt Blaugrund oder Kimberlit.

Minendiamanten

← Ungeschliffen
Rohdiamanten aus Kimberlit weisen oft schon den Diamantglanz auf. Steine aus Flusskies können dagegen stumpf aussehen.

Alluvialdiamanten

↑ Diamantenrennen
1925 entdeckte man reiche alluviale Lagerstätten (Aufschwemmungen) in Lichtenburg (Südafrika). Am 20. August 1926 rannten 10 000 Menschen um die Wette, um ihre Claims abzustecken.

Diamanten

↑ Wertvoller Flusskies
Flusskiese mit Diamanten sind die Folge eines natürlichen Ausleseprozesses. Beschädigte Steine brechen und verwittern leichter. Die harten Diamanten im Kies haben daher größtenteils Edelsteinqualität.

← Regent
Napoleon glaubte, der Regent-Diamant an seinem Degen mache ihn unbesiegbar in der Schlacht. Dieses Bild zeigt Napoleon als Konsul.

Steinreich →
Ein Konglomerat besteht aus verschieden großen, wassergerundeten Kiesen und Mineralkörnern. Dieses Konglomerat von der Westküste Südafrikas ist diamantenreich.

Diamantental →
Sindbad, der Seefahrer aus Tausendundeiner Nacht, gelangte auf seinen Reisen in ein Tal mit Diamanten, die von Schlangen bewacht wurden.

Brosche →
Dieser Schmetterling ist mit über 150 Diamanten besetzt.

↑ Indischer Diamant
Dieser Rohdiamant aus der indischen Stadt Haiderabad sitzt auf einem sandigen Konglomerat.

Lohn eines Geologen →
1867 schenkte Zar Alexander II. diese mit Diamanten besetzte goldene Tabakdose dem schottischen Geologen Sir Roderick Murchison für dessen Verdienste um die russische Geologie.

Bester Freund →
Im Film *Blondinen bevorzugt* (1953) sang Marilyn Monroe *Diamonds are a Girl's best Friend*. Dazu trug sie einen gelben Diamanten.

Diamanten mit Farbschattierungen werden Fantasiediamanten genannt. Farblose Diamanten sind selten.

Als teuerster Diamant der Welt gilt der rosafarbene Pink Star, der in Südafrika gefunden wurde.

Berühmte Diamanten

Hoch geschätzt sind Diamanten von besonderer Schönheit und Seltenheit. Einige haben sogar Namen wie der Koh-i-Noor.

← Kronjuwel
Der Koh-i-Noor („Berg des Lichts“) soll der älteste große Diamant sein. Königin Viktoria bekam ihn 1850 geschenkt, vorher besaßen ihn die Großmoguln.

↑ König der Diamanten
Den Cullinan-Kristall, hier eine Nachbildung in voller Größe, fand man 1905 in der Premier-Mine in Südafrika. Mit 3106 Karat war er der größte Diamant aller Zeiten. 1908 schliff man daraus 9 große und 96 kleinere Steine.

Verflucht →
Der blaue Hope-Diamant soll Unglück bringen. Heute befindet sich der 45,52-Karäter im Smithsonian Institut in den USA.

KORUND
Kristallsystem: trigonal
Härte: 9
Dichte: 3,96–4,05

Rubin oder Saphir

Rubin und Saphir sind Spielarten des Korunds, eines Aluminiumoxids. Rote Steine heißen Rubine, blaue nennt man Saphire. Es gibt auch andere Farbvarianten, zum Beispiel gelbe und rosafarbene Saphire. Korund ist nach dem Diamanten das härteste Mineral. Er besitzt einen starken Pleochroismus, das bedeutet: Die Farbe ändert sich je nach Lichteinfall, da vom eingestrahlten weißen Licht je nach Einstrahlungswinkel verschiedene Wellenlängen absorbiert werden.

↑Aus dem Gebirge

Wunderschöne Saphire kommen aus einem Himalajatal in Kaschmir.

Saphir: Zwillingskristalle

↑Edel→

Kaschmirblau bezeichnet nicht nur die Farbe edler Saphire aus Kaschmir, sondern derartig gefärbte Saphire aus aller Welt.

Saphir, mit Turmalin verwachsen

Abgeflachtes Prisma eines hochwertigen Rubins aus Mogok (Myanmar)

Weiß und rot→

Dieser in Kalzit eingebettete Rubin kommt aus dem Mogok-Gebiet in Birma. Rubine in Kalzit findet man auch in Pakistan und Afghanistan.

Taubenblutrot→

So nennt man die Farbe dieser tiefroten Rubinart mit Blaustich. Abgebildet ist der Ruskin-Rubin (162 Karat), den John Ruskin 1887 dem Naturgeschichtlichen Museum in London (England) schenkte.

←Auf dem Prüfstand

Dieses Foto von 1930 zeigt Rubinhändler auf dem Basar in Mogok (Birma). Korund in Edelsteinqualität ist selten und der Rubin die wertvollste Art. Manche der Steine sind teurer als Diamanten gleicher Größe.

Unter Druck →

Dieser Saphir ist mit Spinellkristallen verwachsen. Die Kristalle bilden sich unter hohem Druck und bei hohen Temperaturen.

↑ Königlicher Krug

Auf diesem Wasserkrug aus Bergkristall ist eine Rubin-Kamee mit dem Kopf Elisabeths I.

Sternfunkeln →

Einschlüsse von Rutilnadeln lassen in manchen Rubinen Sterne aufleuchten (Asterismus).

↑ Bunte Vielfalt

Reiner Korund ist farblos, doch Spuren von Chrom färben ihn rot, von Eisen gelb und grün, von Eisen mit Titan blau.

Blauer Buddha →

Die Buddha-Figur auf dieser Nadel ist aus einem Saphirkristall geschnitzt.

← Edles Kreuz

Dieses Silberkreuz ist mit Saphiren, einem tintenblauen Spinell, einem Amethyst, einem Zitrin und einem blauen Zirkon besetzt.

← Hart

Naturkorund ist kein Edelstein. Er ist opak und grau oder braun. Durch seine Härte ist er ideal für Industriewerkzeuge.

← Schleifstein

Mit Schmirgel, einem kleinkörnigen Gemenge aus Korund, Hämatit und Magnetit, wird im Mittelmeerraum seit Jahrtausenden geschmirgelt. Der Name leitet sich von der Stadt Smyrna (heute: Izmir, Türkei) ab.

Edler Thron →

Der Pfauenthron des indischen Großmoguls Schahdschahan (1627–1658) war u. a. mit 108 Rubinen besetzt.

BERYLLKRISTALL
Kristallsystem: hexagonal
Härte: 7,5
Dichte: 2,63–2,91

Beryll

Berylle sind wegen ihrer schönen Farben und ihrer Robustheit sehr beliebt. Am bekanntesten sind die Smaragde (grün) und Aquamarine (blaugrün). Gelben Beryll nennt man Heliodor („Sonnengabe"), rosafarbenen Morganit. Beryll findet sich in Pegmatiten (S. 25) und Graniten. In seiner dichten, opaken und unedlen Form kommt er in tonnenschweren Kristallen vor. Den Rekord hält ein Kristall aus Madagaskar mit 36 Tonnen und 18 Meter Länge.

Einschluss →

Smaragde findet man oft in Glimmerschiefer. Viele Kristalle haben Einschlüsse von Glimmer und Amphibolen, dem gleichen Material wie das Wirtsgestein.

Reiche Beute ↓

Die von den kolumbianischen Chibcha-Indianern geschürften Smaragde wurden bei den Inka in Peru und den Azteken in Mexiko gehandelt. Anfang des 16. Jh. entdeckten sie die Spanier bei den Azteken.

↑ Umkämpft

Die schönsten Smaragde kommen aus Muzo und Chivor in Kolumbien. Viele werden illegal geschürft.

Stich von 1870: Sträflinge in den kolumbianischen Smaragdminen

← Die Minen der Kleopatra

Seit 1500 v. Chr. schürfte man in Ägypten Smaragde. 1816 entdeckte der französische Abenteurer Cailliaud die Minen der Königin Kleopatra neu (hier ein Foto von 1900).

Wunderschöner 911-karätiger Aquamarin

↑ Zweite Wahl

In Ägypten gibt es einige wenige Smaragde in Granit, Schiefer und Serpentin. Sie sind meist blaugrün mit vielen Einschlüssen.

↑ Metallfarben

Reiner Beryll ist farblos. Spuren von Fremdmetallen erzeugen die Farben. Mangan erzeugt Rot und Rosa, Eisen Blau und Gelb, Chrom oder Vanadin Smaragdgrün.

↑ Meergrün

Aquamarin bedeutet „Meerwasser" und beschreibt genau die Farbe. Die Skala reicht von Blassgrün bis Blau, je nach Eisengehalt. Brasilien ist Hauptförderland.

↑ Bunt gemischt

Dieser Beryllkristall besteht aus Schichten von Morganit und Heliodor. Solche Zonenkristalle finden sich u. a. in Brasilien und Pakistan.

← Selten

Der äußerst seltene rote Beryll sitzt im trockenen Vulkangestein im Westen der USA. Als einziger Naturberyll hat er kein Wasser in seiner Kristallstruktur.

← Verziert

Dieser Dolch aus dem 18. Jh. ist im Topkapi-Museumspalast in Istanbul (Türkei) zu sehen. Drei Smaragde zieren das Heft, ein vierter den Deckel der Miniaturuhr im Knauf.

OPAL
Kristallsystem: amorph oder schwach kristallin
Härte: 5,5–6,5
Dichte: 1,98–2,25

Opal

Der Opal galt früher als Symbol der Macht, aber auch als Unglücksbringer. Viele Opale kommen aus Mittelamerika, aus Australien die meisten Edelopale (hell) und Schwarzen Opale. Opal ist einer der wenigen nicht kristallinen Edelsteine. Ein Cabochonschliff zeigt das Farbenspiel (Opalisieren) besonders gut. Mexikanische Feueropale erhalten meist einen Brillant- oder Treppenschliff (S. 58).

↑ Römerfund

Schon die Römer bauten im Gebiet des heutigen Tschechien Edelopal ab. Von dort stammt auch dieses Exemplar.

Aberglaube →

Die Pest von Venedig von Antonio Zanchi (14. Jh.): Die Venezianer glaubten, ein Opal leuchte beim Erkranken des Trägers und trübe sich beim Tod.

Einer der größten Edelopale Europas befindet sich seit dem 17. Jahrhundert im Naturhistorischen Museum in Wien (Österreich).

↑ Glanzlos

Der Gemeine Opal hat kein Farbenspiel, wird aber gern zu Schmuck verarbeitet. Dieses rosafarbene Exemplar kommt aus Frankreich.

← Seltene Blitze

Der schönste Schwarze Opal kommt aus Lightning Ridge (Australien). Die Farbblitze wirken auf dem dunklen Hintergrund besonders reizvoll. Schwarze Opale sind seltener und damit auch wertvoller als Edelopale.

Australiens Stolz →

Berühmt sind die australischen Opallager von White Cliffs, Lightning Ridge und Coober Pedy. Opale werden oft zu Dubletten oder Tripletten (S. 56) verarbeitet.

↑ Glasklar

Farbloser, wasserklarer Opal (Hyalit) bildet sich in Hohlräumen vulkanischen Gesteins. Dieser stammt aus Böhmen. Ein ähnlicher Stein mit Farbenspiel heißt Wasseropal.

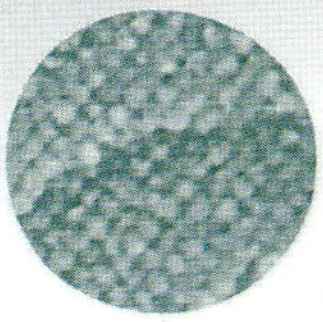

Das Foto zeigt die mikroskopische Struktur des Opals.

↑ Schwarz oder weiß

Edelopale schillern in verschiedenen Farben, je nach Größe der Siliziumdioxidteilchen in ihrer Struktur. Opale mit grauer, blauer oder schwarzer Hintergrundfarbe nennt man schwarz, die anderen weiß.

↑ Landkarte

Diese 1875 angefertigte Brosche zeigt den Umriss Australiens.

Opal-Kamee *Amor und Psyche* (Naturhistorisches Museum, London, England)

Feurig →

Mexiko ist bekannt für seine Feueropale, durchscheinende gelbe, orangefarbene oder rote Steine.

← Mischung

Bolderopal ist eine Mischung aus Ton-Eisenstein mit Schichten von Edelopal.

Edelfossil →

Opal kann Holz, Knochen oder Kalkschalen im Lauf der Fossilwerdung ersetzen (Opalisieren). Hier wurde ein Stück Holz von Gemeinem und Edelopal ersetzt.

← Edler Ersatz

Dieses Aggregat radialstrahliger Glauberitkristalle ist völlig durch Edelopal ersetzt worden. Die Australier nennen solche Formen „Opal-Ananas".

Unglücks-Kutsche →

In Verruf geriet der Opal unter Ludwig XIV., der eine seiner Kutschen *Opal* nannte. Ihr Kutscher war oft betrunken, sodass sie vom Unglück verfolgt schien. Dieses Gemälde von Adam Frans van der Meulen zeigt den König mit Maria Theresia.

Andere Schmucksteine

Schön, unvergänglich und selten soll ein Schmuckstein sein – wie Diamant, Saphir, Rubin, Smaragd, Aquamarin, Turmalin, Topas und Edelopal. Aber auch Quarz, Granat, Peridot und viele andere findet man beim Juwelier. Kunzit, Titanit und Flussspat sind hingegen zu weich oder zu selten.

↑ Wundersteine
Die Illustration „Perlenfischen und Türkissammeln" stammt aus dem *Buch der Wunder* von Marco Polo.

TOPASKRISTALL
Kristallsystem: orthorhombisch
Härte: 8
Dichte: 3,52–3,56

Topas

Das Mineral, das wir als Topas kennen, trägt diesen Namen erst seit dem 18. Jh. Der Name leitet sich vom griechischen Wort *topazos* ab, dem antiken Namen der Insel Seberget im Roten Meer.

↑ Empfindlich
Topas ist trotz seiner Härte leicht zerbrechlich, da er eine Spaltungsrichtung mit vollkommenem Bruch hat (S. 15). Dieser Kristall zeigt deutlich eine Spaltfläche. Er muss daher stoßunempfindlich gefasst werden.

↑ Vom Feinsten
Aus dem Ouro-Preto-Gebiet in Brasilien stammen die schönsten goldenen Topaskristalle. Die Farben reichen von Goldbraun bis Rosa.

Fundorte →
Brasilien ist für seine schönen Topase berühmt. Von dort kommt dieser blassblaue Kristall. Andere Förderländer sind u. a. Mexiko, die USA, Sri Lanka und Japan.

Verwechslung →
Topase haben eine ähnliche Dichte wie Diamanten und werden oft mit ihnen verwechselt.

↑ Wasserfarben
Topas ist ein Aluminiumsilikat mit 20 % Wasser und Fluor. Kristalle mit höherem Wasser- als Fluoranteil sind goldbraun, seltener rosa. Im umgekehrten Fall sind sie blau oder farblos.

↑ Königlich
Dieser 1977 geschliffene, 21 327-karätige Topas heißt „Brasilianische Prinzessin".

Turmalin

Turmaline kristallisieren als Prisma mit flachen oder keilförmigen Endungen. Jeder Kristall hat an jedem Ende eine andere Struktur, manchmal unterscheiden sie sich in der Farbe.

TURMALINKRISTALL
Kristallsystem: trigonal
Härte: 7–7,5
Dichte: 3–3,25

Medizin oder Mineral? ↑

Der Schriftsteller John Ruskin (1819–1900) schrieb: „Die Chemie des Turmalins mutet eher an wie ein Arztrezept aus dem Mittelalter …"

↑ Verschiedenfarbig

Der Turmalin zeigt beim Betrachten aus unterschiedlichem Winkel verschiedene Farben (Pleochroismus).

← Sechseckrahmen

Dieser Querschnitt durch ein Turmalinprisma zeigt die typische dreizählige Symmetrie und Dreiecksform. Die Farbzonen zeigen, wie sich der Kristall schichtweise aufgebaut hat.

Die Ringe in manchen Kristallen gleichen Jahresringen in Bäumen.

Turmalinkristall

← Enge Nachbarschaft

Das rosafarbene Quarzprisma kristallisierte zuerst, dann bildete der Turmalin grüne Begrenzungen.

Die Farben dieses Turmalins erinnern an eine Wassermelone.

← Edle Melone

Die Farbpalette der Turmaline ist größer als die anderer Edelsteine. Oben sieht man eine „Wassermelone" mit rosa Kern und grüner Randzone.

Turmalinkristall

← Granitbett

In Pegmatitadern (S. 25) oder Granit findet man oft Turmalin in Edelsteinqualität.

Fortsetzung auf Seite 44

Fortsetzung von Seite 43

Ring mit gefasstem Granat

GRANAT
Kristallsystem: kubisch
Härte: 6,5–7,5
Dichte: 3,52–4,32

Geschliffener Pyrop-Granat

Granat

Granat ist die Sammelbezeichnung für eine Reihe chemisch verwandter Mineralien wie Almandin, Pyrop, Spessartin, Grossular und Andradit. Alle kommen als Edelsteine vor, besonders oft die Almandin-Pyrop-Gruppe. Granate gibt es in allen Farben – außer Blau.

Geschliffener Demantoid-Granat

↑ Demantoid

Smaragdgrün ist der kostbarste Granat.

Feuerauge →

Der tiefrote Pyrop war im 19. Jh. beliebt. Die meisten Steine kamen aus Böhmen.

↑ Kernig

Pomum granatum nannten die Römer den Granatapfel, „gekörntes Obst".

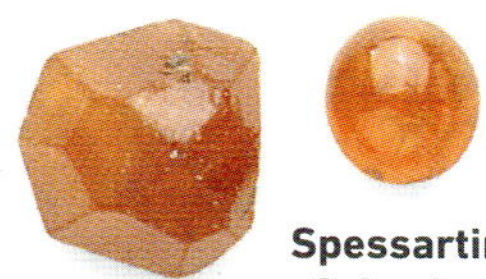

Spessartin →

Mangan färbt Spessartinkristalle orange. Spessartin findet man selten in Edelsteinqualität und daher auch nur selten als Schmuck.

Spessartin-Cabochon

← Karfunkelstein

Almandin kristallisiert meist in Ikositetraedern (Zwanzigflächnern). Bevorzugt wird hier der Cabochonschliff.

↑ Vergrabene Schätze

In einem angelsächsischen Begräbnisschiff (7. Jh.) fand man diesen granatbesetzten Börsendeckel.

Andradit →

Varietäten des Andradits für Schmuck sind der grüne Demantoid, der gelbe Topazolith und dieser schwarze Melanit.

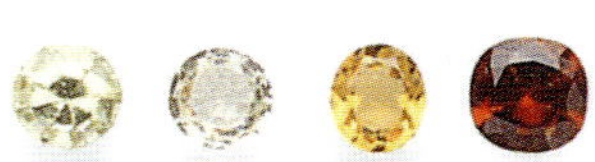

Geschliffene Grossulargranate

↑ Farbspuren

Vanadin gibt dem Grossular eine leuchtend grüne, Eisen eine gelbe oder rote Farbe. Die rote Abart heißt auch Hessonit.

Rosa Beere →

Stachelbeere heißt lateinisch *ribes grossularia*. Davon leitet sich der Name Grossular ab. Dieser rosafarbene Stein aus Mexiko zeigt die Dodekaederform, die häufigste Kristallgestalt der Granate.

PERIDOTKRISTALL
Kristallsystem: orthorhombisch
Härte: 6,5
Dichte: 3,22–3,40

Peridot

Peridot nennt man Olivinminerale in Edelsteinqualität. Olivin ist ein Magnesium- und Eisensilikat, das häufig in vulkanischem Gestein vorkommt.

Insulaner →

Peridot verwächst meist mit anderen Mineralien. Auf einer Insel im Roten Meer findet er sich als grüner Idealkristall.

Geschliffener Peridot aus Arizona (USA)

Geschliffener Peridot aus Norwegen

Geschliffener Peridot aus Birma

Peridotring

↑ Herkunft

Peridote kommen aus Ägypten, Birma, Arizona (USA) und Norwegen.

↑ Vulkanbombe

Dieses Stück erstarrter Lava enthält Bruchstücke olivinhaltigen Gesteins. Die Lava wurde mit dem Gestein als sogenannte „Bombe" durch einen Vulkan aus der Tiefe emporgeschleudert.

↑ Namenswechsel

Auf der St.-Johannes-Insel (Ägypten) findet man Peridot. Die alten Griechen nannten ihn *topazion* nach dem damaligen Namen der Insel.

Mondstein

Beim Feldspat gibt es zwei Hauptgruppen: Kalifeldspat mit den Mondsteinen und Kalknatronfeldspat mit den Sonnensteinen. Die Härte beträgt 6–6,5, die Dichte 2,56–2,76.

Feldspäte sind die häufigsten Minerale der Erdkruste – und der Mondoberfläche.

↑ Schuppig

Der Sonnenstein heißt so wegen der roten Hämatitschuppen.

↑ Blauer Mond

Silbrig oder bläulich schimmern die meisten Mondsteine, auch graue, orange, gelbe oder grüne kommen vor.

← Mondglanz

Dieser große Mondstein aus Birma zeigt einen wogenden Lichtschimmer. Mondsteine finden sich oft in Pegmatiten (S. 25), auch in den Flusskiesen Sri Lankas und Indiens.

Nadel mit Sonnenstein

Gefasster Mondstein

Fortsetzung auf Seite 46

Fortsetzung von Seite 45

SPINELLKRISTALL
Kristallsystem: kubisch
Härte: 8
Dichte: 3,5–3,7

Spinell

Die schönen roten und blauen Spinelle nehmen es durchaus mit Rubinen und Saphiren auf. Bis ins 19. Jh. nannte man sie Balasrubine, was zu Verwechslungen führte. Der Forscher Romé de L'Isle (S. 12) unterschied als Erster zwischen dem echten Rubin und dem Spinell.

↑ Fürstliche Belohnung

Der Schwarze Prinz, Sohn Eduards III. von England, erhielt vom Kastilierkönig Pedro I. 1367 einen Balasrubin als Dank für seine Hilfe bei einer Schlacht.

← Poliert

Durch Polieren wurden Makel auf der Oberfläche beseitigt.

Leicht verzerrt →

In der Regel kristallisieren Spinelle als Oktaeder. Dieses Aggregat besteht aus flachen Durchkreuzungszwillingen.

↑ Staatstragend

Der „Rubin" des Schwarzen Prinzen in der britischen Reichskrone ist ein 170-karätiger Spinell. Unter ihm prangt ein anderer berühmter Stein, der Diamant Cullinan II (S. 35).

Eingebettet →

Die Oktaeder dieses blauen Spinells vom Baikalsee liegen eingebettet in eine Grundmasse weißen Kalzits und glänzenden Muskovitglimmers.

Aus dem Wasser →

Diese Steinchen stammen aus Flusskiesen aus Sri Lanka und Birma.

← Flächenreich

Diese herrlichen Kristalloktaeder sind aus Gahnit, einer zinkreichen Spinellart. Sie weisen die charakteristischen Dreieckskristallflächen des Spinells auf.

↑ Farbtöne

Reiner Spinell ist farblos. Die Rot- und Rosatöne kommen von Chromspuren, Blau- und Grüntöne von Eisen und Zink.

Zirkon

Der Name Zirkon kommt vom persischen *zar* („Gold“) und *gun* („Farbe“). Seit Langem gewinnt man ihn in Sri Lanka, heute auch in Thailand, Australien und Brasilien. Farbloser Zirkon ähnelt dem Diamant mit seinem Feuer und Glanz und wird als Diamantersatz gehandelt.

Die Farbe roter Hyazinthen gab dem roten Zirkon früher den Namen Hyazinth.

Naturfarben →

Zirkon ist ein Zirkoniumsilikat, farblos in reinem Zustand, doch mit Verunreinigungen in vielen Farben anzutreffen.

ZIRKONKRISTALL
Kristallsystem: tetragonal
Härte: 7,5
Dichte: 4,6–4,7

← Radioaktiv

Der hohe Uran- und Thoriumgehalt mancher Zirkone führt aufgrund des radioaktiven Zerfalls dieser Elemente zur Zerstörung der Kristallstruktur und macht den Stein amorph.

Wärmebehandlung →

Farblose, blaue und goldene Zirkone erhält man durch Erhitzen rotbrauner Kristalle. Die Farben können verblassen, durch erneute Erwärmung werden sie wieder aufgefrischt.

Naturbraune Zirkonkristalle

Wärmebehandelte blaue Zirkonkristalle

Zirkone, nach Wärmebehandlung geschliffen

Chrysoberyll

Weniger hart als Diamant und Korund ist der Chrysoberyll. Eisen- oder Chrombeimengungen färben ihn gelb, grün oder braun. Es gibt drei Abarten: gelbgrüne klare Steine, Katzenaugen (meist Cabochonschliff, S. 59) und Alexandrite, die je nach Lichteinfall die Farbe ändern.

Zarenstein →

1830 entdeckte man den nach dem Zaren benannten Alexandrit. Er leuchtet in den kaiserlich-russischen Farben – bei Tageslicht grün, bei künstlichem Licht rot.

Geschliffener gelber Chrysoberyll

Geschliffener Alexandrit

↑ Beliebt in Portugal

Gelbgrüne Chrysoberylle fand man im 18. Jh. in Brasilien. Die Goldschmiede Spaniens und Portugals schätzten sie sehr.

CHRYSOBERYLLKRISTALL
Kristallsystem: orthorhombisch
Härte: 8,5
Dichte: 3,68–3,78

Objekte der Begierde

Es gibt über 3000 verschiedene Mineralien, doch nur wenige sind hart, dauerhaft und selten genug, um als Edelsteine zu gelten. Viele Sammler suchen Raritäten, die keinem breiten Publikum zugänglich sind. Dabei legen sie Wert auf seltene Farben, ungewöhnlich große Exemplare oder geschliffene Stücke, die für Schmuck zu weich und zerbrechlich sind.

Axinit →
Diese schönen, keilförmigen Kristalle aus braunem Axinit kommen aus Bourg d'Oisans in Frankreich. Sie funkeln in verschiedenen Richtungen grau und violett.

← Gelb bis grün
Beim Titanit (Sphen) reicht die Farbskala von goldgelb bis smaragdgrün. Er besitzt Glanz und Feuer, ist aber für einen Schmuckstein zu weich.

Aus französischen Gärten →
Die ersten Stücke der großen Mineraliensammlung des Pariser Naturkundemuseums (Stich von 1636) stammen aus den Gärten Ludwigs XIII.

↑ Experten
Strahler nennt man in der Schweiz Mineraliensucher, die in Klüften und Schluchten der Alpen Kristalle aufspüren.

↑ Glänzend
Tansanit heißt diese blauviolette Art des Zoisits. 1967 fand man ihn in Tansania. Bemerkenswert sind sein tiefblauer, roter und gelblich-grauer Glanz.

↑ Farblos oder gelb →
Danburit ist nach dem ersten Fundort benannt: Danbury in den USA. Dort trat er in farblosen Kristallen in einem Pegmatit (S. 25) auf. Schöne gelbe Steine kommen aus Madagaskar und Birma.

↑ Veränderlich
Cordierit in Edelsteinqualität kommt aus Sri Lanka, Birma, Madagaskar und Indien. Er verändert seine Farbe je nach Lichteinfall von blassem, gelblichem Grau bis zu tiefem Blauviolett (Pleochroismus, S. 36). Das nutzten die Wikinger beim Navigieren (S. 60).

Aragonit

← Benitoit

Die Farbe des Benitoits gleicht der lupenreiner Saphire. Er zeigt ähnliches Feuer wie Diamanten, bleibt aber Sammlerobjekt aufgrund seiner Seltenheit.

Die San-Benito-Mine 1914: Links ist ein Erzeimer zu sehen.

Zu weich →

Zinkblende oder Sphalerit ist normalerweise opak und grau bis schwarz. Rötlichbraune, gelbe und grüne Kristalle in Edelsteinqualität kommen aus Mexiko und Spanien. Für Schmuckzwecke sind sie zu weich.

Zinkblendekristalle in Grundmasse (Matrix)

Roher Zinkblendekristall

Geschliffener Kunzit

Geschliffener blassgrüner Spodumen

Kunzit-kristall

Spodumen →

Aus Brasilien, Kalifornien (USA) und Afghanistan kommen Spodumenkristalle, schöne blassgrüne oder gelbe Steine, die viele Hundert Karat wiegen. Der Kunzit (nach G. F. Kunz benannt) ist rosa, der Hidenit samaragdgrün.

George Frederick Kunz, Autor mehrerer Edelsteinbücher, war Angestellter des New Yorker Juweliers Tiffany.

↑ Schatzhöhle

Die Goldney-Grotte aus dem 18. Jh. bei Bristol (England) ist reich geschmückt.

← Skapolith

Aus Birma und Ostafrika kommt dieser pastellfarbene Stein in Gold, Rosa oder Lila.

Alter Name →

Das Britische Museum taufte den Sinhalit nach Sinhala, dem alten Namen für Sri Lanka.

Fibrolith →

Dieser bläulich violette 19,84-karätige Fibrolith aus Birma ist eine seltene Abart des Sillimanits. Andalusit besteht ebenfalls aus Aluminiumsilikat, hat aber eine andere Struktur. Die Steine verändern die Farbe je nach Lichteinfall zwischen Rot und Grün.

Geschliffener Fibrolith

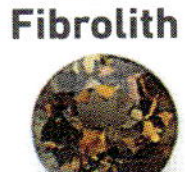

Geschliffener Andalusit

↑Malachit
Obwohl das grüne Kupfermineral relativ weich ist (Härte 4), wird Malachit v. a. wegen seiner Bänderung gern zu Schmuck verarbeitet.

Steinschneidekunst

Seit Jahrtausenden werden Jade, Lapislazuli, Türkis und viele andere geeignete mikrokristalline Steine und Mineralien zu Schmuck verarbeitet. Bereits die alten Ägypter, Chinesen und Sumerer verwendeten diese drei Edelsteine. Die Indianer Südamerikas und die Maori Neuseelands schneiden seit Jahrhunderten Türkis und Jade.

↑Lange Tradition
Im Südwesten der USA fertigen die Indianer schon seit vielen Tausend Jahren Türkisschmuck.

Lapislazuli

Der Lapislazuli (H 5,5; D 2,7–2,9) ist selten ein Einkristall. Er besteht aus blauem Lasurit mit Kalzit- und Pyritanteilen. Die tiefblaue, vorwiegend aus Lasurit bestehende Abart kommt aus Afghanistan.

↑Persischblau
Der Name Lapislazuli leitet sich vom lateinischen *lapis* („Stein") und dem persischen *lazward* („blau") ab.

Türkis

Der Name leitet sich vom französischen *pierre turquoise* („Türkenstein") ab. Türkis (D 2,6–2,9; H 5–6) kommt in Klümpchen und grünen oder blauen Adern vor.

←Naturmosaik
Türkis bildet oft Mosaike, seltener taucht er als Aggregat auf.

↑Blau in blau
Im Mittelalter gewann man aus zerstoßenem, gereinigtem Lapislazuli den Farbstoff Ultramarin. Auch der unbekannte Künstler des Wilton-Diptychons (hier ein Ausschnitt aus dem Altarbild) benutzte diese Farbe.

Beliebt
Lapislazuli wird gern zu Perlen verarbeitet.

Türkis mit Gravur und Goldeinlegearbeit

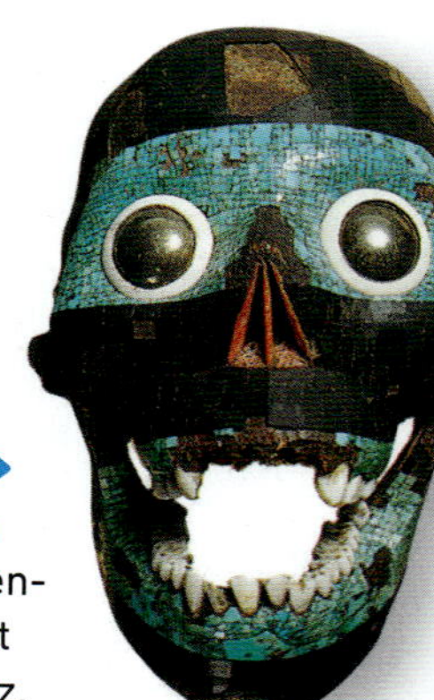

Totenkopfmaske→
Die Azteken modellierten diese Maske um einen Menschenschädel. Sie besteht aus Türkis und Guajakholz.

Jade

Die spanischen Eroberer in Mexiko nannten die grünen Steine *piedras de ijada*, „Stein (gegen Schmerzen in) der Seite". Der Schmuckstein Jade kann aus Jadeit oder Nephrit bestehen.

←Schweres Hemd

Die alten Chinesen bestatteten ihre toten Herrscher in Kettenhemden aus Jadeplättchen. Dieses Gewand gehörte einer Prinzessin aus dem 2. Jh. v. Chr.

Begehrtes Grün→

Birma ist Hauptlieferant für Jadeit (H 6,5–7; D 3,3–3,5). Die Farben sind unterschiedlich, am begehrtesten ist Smaragdgrün.

↑Chinesisches Kamel

Dieses Nephritkamel kommt aus China. Es gibt weiße, cremefarbene, grüne und schwarze Nephrite.

Nephrit→

Nephrit (H 6,5; D 2,9–3,1) verdankt seine Zähigkeit der verfilzten Körnchenstruktur.

Jadeitkugel

Nephritschnecke des berühmten russischen Juweliers Fabergé

Andere Steine

Wegen ihrer Farbbrillanz verwendet man u. a. Malachit, Serpentin, Blue John, Rhodonit, Marmor und Alabaster.

←Rosenrot

Der Rhodonit (von griech. *rhodon* für „Rose") leuchtet rosenrot. Er wird für Schnitzereien und Einlegearbeiten (H 6) verwendet.

Serpentin→

Die Maserung erinnert an Schlangenhaut. Weiche Serpentine lassen sich leicht schneiden, doch chinesische Künstler bevorzugen die gelbgrüne Abart Bowenit (H 6).

←Blue John

So heißt ein violett und blassgelb gebänderter Fluorit (S. 17) aus Derbyshire (England). Das spröde Material wird meist in Harz eingebunden.

Blue-John-Vase (18. Jh.)

Edelmetalle

Gold, Silber und Platin sind kristallin, größere Einzelkristalle sind allerdings selten. Gold und Silber werden seit über 5000 Jahren verarbeitet. Platin entdeckte man 1735 bei den Chibcha-Indianern in Kolumbien. Heute ist es kostbarer als Gold und Silber. Alle drei Metalle sind weich und lassen sich daher leicht bearbeiten.

← Goldrausch
Gold trieb Menschen in die unwirtlichsten Gebiete. 1848 brach das Goldfieber in Kalifornien (USA) aus. Das Bild zeigt Goldwäscher (S. 25).

← Goldstaub
Verwitterung löst Gold aus dem Gestein. Aus den Flusssanden wird der Goldstaub ausgewaschen.

Gold

Reines Gold ist ein schweres (D 19,3) und weiches Metall (H 2,5–3). Vor der Verarbeitung wird es gereinigt oder für größere Härte mit anderen Metallen legiert. Seine Reinheit misst man für Schmuck in Karat: Reines Gold hat 24 Karat.

Der Latrobe-Nugget ↓
Dieses kristalline Nugget („Goldklumpen") fand man 1855 in Australien. Große Nuggets wie dieses sind selten.

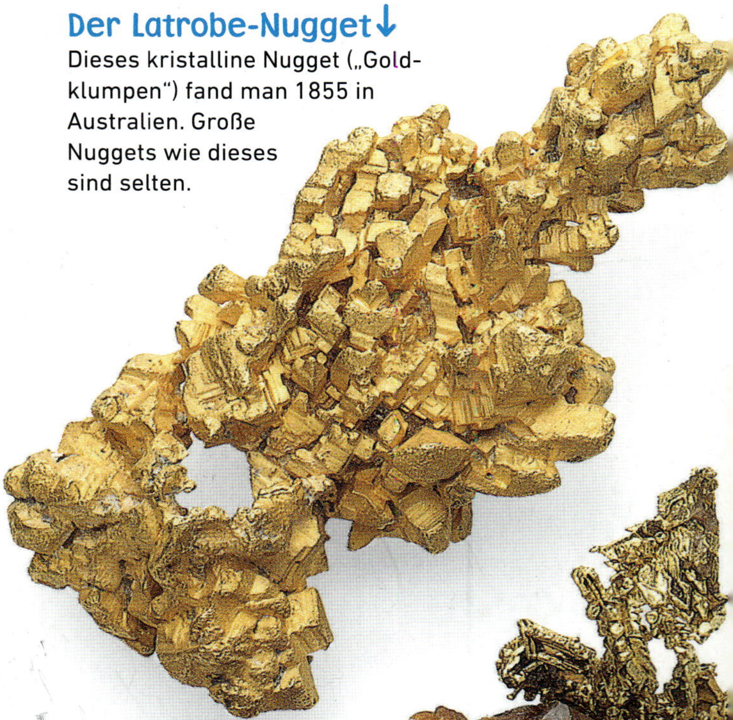

← Goldfüllung
Diese Quarzader aus Neuseeland wird von einer hauchdünnen Schicht kristallinen Golds durchzogen.

↑ Goldwert
Der berühmte Goldene Buddha von Bangkok ist über 3 m hoch und besteht aus 5,5 t purem Gold.

Goldküste →
So nannte man Ghana früher. Von 1700 bis 1900 erstreckte sich hier das Reich der Aschanti, von denen dieser Löwenring stammt.

Selten →
Meist findet man Gold in fein verteilten Körnchen im Gestein. Große Kristalle wie diese aus Simbabwe sind selten.

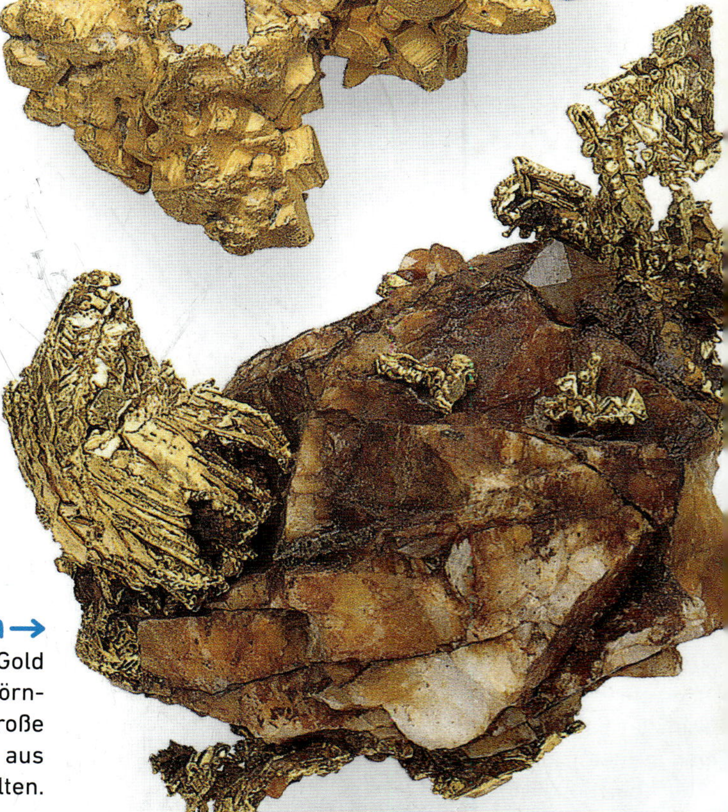

Platin

Man benutzt Platin als Standardgewicht, als Katalysator, für Operationsbestecke und natürlich für Schmuck. Der Name leitet sich vom spanischen *platina* (für „Silberkörnchen") ab.

↑ Knappes Gut
Kristalle des weichen Platins (H 4–4,5) sind selten. Diese sind aus Sierra Leone.

↑ Platinriff
Dieses Pyroxenit stammt vom Merensky-Riff vor Südafrika, aus einer nur 30 cm dicken Schicht vulkanischen Gesteins mit ungewöhnlich hohem Platingehalt.

↑ Seltene Größe
Mit 1,1 kg ist dieses Platinnugget aus dem Uralgebirge (Russland) außergewöhnlich groß.

← Abbau
Im Mittelalter wurde Silber auch in elsässischen Minen um Sainte Marie abgebaut, wie diese Illustration zeigt.

Silber

Silber war im Mittelalter kostbarer als Gold. Es wurde zur Münzprägung bevorzugt und wegen seiner geringen Härte (2,5–3) gern zu Schmuck verarbeitet. Heute wird es in der Elektronik- und Schmuckindustrie verwendet.

Angelaufene Silberkristall-Dendriten (S. 23) aus den Huantajaya-Minen in Chile

↑ Silberdraht
Diese drahtartigen Silberkristalle sind aus Norwegen.

Zugabe →
Silber ist meist ein Nebenprodukt bei der Verhüttung von Kupfer und Bleiglanz. Diese Bleiglanzkristalle kommen aus Irland.

Von Tieren und Pflanzen

Schmuckmaterial tierischen oder pflanzlichen Ursprungs wie Bernstein, Jett (eine Steinkohlenart), Korallen, Perlen, Muschelschalen und Schneckengehäuse nennt man organisch. Sie sind nicht so hart (bis H 4) und schwer (Bernstein: D 1,04; Perlen: D 2,73) wie Edelsteine, werden aber wegen ihrer Schönheit geschätzt. Bernsteinketten fand man in Gräbern aus der Zeit um 2000 v. Chr. Perlen gelten als Symbole der Schönheit und Reinheit.

↑ Urzeitzeugen
Im Jura, vor 160 Mio. Jahren, lebten die Dinosaurier unter diesen Bäumen, aus denen Bernstein und Jett hervorgingen.

Jett und Bernstein

Jett (Gagat) entwickelte sich wie Kohle aus verrotteten, zusammengepressten Bäumen zu einem feinkörnigen Stein. Bernstein ist 300 Mio. Jahre altes fossiles Harz.

↑ Gagat
Die Versteinerungen längst ausgestorbener Tiere verraten die Herkunft dieses Jetts.

Fossiler Ammonit

← Weit gereist
Die Süd- und Ostküste der Ostsee sind die Hauptfundstellen von Bernstein. Durch seine geringe Dichte wird er vom Meer weit transportiert.

Korallen

Korallen sind Kalkskelette, gebildet von Kolonien von Hohltieren, die in warmen Gewässern leben. Die Farbpalette reicht von Schwarz über Blau und Creme bis Rot.

Affe auf einem Ast, aus einer Mittelmeerkoralle geschnitzt

Eine tropische Koralle

← Alte Werte
Schon die alten Römer schätzten die Rote Edelkoralle.

Blaue Perlen →
Die blaue Koralle *Heliopora caerulea* wird gern zu Perlen verarbeitet.

Perlen und Perlmutt

Einfallendes Licht bricht sich an den winzigen Kalk- (Kalziumkarbonat-) und Perlmuttplättchen (Conchyn) und verursacht den Schimmer der Perlen. Sie wachsen in manchen Muscheln, die einen Fremdkörper in den Schalen mit Perlmutt überziehen.

← Austernfischer

Seit über 2000 Jahren liefert der Persische Golf herrliche Naturperlen. Taucher holten die Austern (*Pinctada vulgaris*) aus der Tiefe.

← Vielfalt

Schwarz, gelb, rosa, creme und weiß können Perlen sein.

↑ Riese

Die größte Perlmuschel, *Pinctada maxima*, lebt in den Gewässern um Australien und Indonesien.

← Tradition

Seit Jahrhunderten werden in Mumbai (Indien) Perlen verarbeitet. Dies ist eine typische Perlenkette mit Silberdrahtquasten an den Enden.

← Anhänger

Unregelmäßig geformte Perlen heißen Barockperlen. Diese Tritonsfigur enthält vier davon. Der Anhänger wurde Ende des 16. Jh. in Süddeutschland angefertigt.

Pillendöschen mit Seeohr-Deckel

Glanzohr →

Blau und grün schillert die Perlmuttschicht der Seeohren (*Haliotis*). Besonders große Arten dieser Schnecken leben in den Meeren vor Amerika und Neuseeland.

↑ **Preis?**
Dieser 57,26-karätige Saphir ist so groß und farbschön, dass er erst beim Verkauf geschätzt wird.

Angebot und Nachfrage

Der Marktwert von Edelsteinen spielt eine große Rolle bei der Kaufentscheidung. In der Antike waren Lapislazuli, Türkis, Achat und Smaragd hoch geschätzt. Seit dem Mittelalter erfreuen sich Diamant, Rubin, Perlen, Samaragd und Saphir gleichbleibender Beliebtheit, während das Interesse an Topas, Granat und Aquamarin wechselte.

↑ **Händler**
Im 17. Jh. bereiste der Franzose Jean Baptiste Tavernier Europa und Asien und handelte mit Edelsteinen.

1-karätiger Rubin

Karobensame

Karobenhülse

↑ **Unschätzbar**
Der Painit aus Birma ist von unschätzbarem Wert. Nur drei davon sind bekannt, keiner davon kam bisher auf den Markt.

Synthetische Rubinkristalle

Geschliffener synthetischer Rubin

Teuer ↑
Gute synthetische Kristalle sind nicht günstig – doch Natursteine kosten immer noch zehn- bis hundertmal mehr.

Karob und Karat ↑
Die Samen des Johannisbrotbaums, die Karoben, galten seit der Antike als Gewichtseinheit für Edelsteine. Sie waren nämlich fast immer gleich schwer. Das heutige Maß Karat (ct, von lat. *ceratium* für „Johannisbrot"). ist international auf 0,2 g festgelegt.

Abgesplittertes Glas

← **Doppelt und dreifach**
Dubletten nennt man aus einem Edelstein und einer Glasimitation zusammengekittete Steine. Tripletten bestehen aus drei Schichten, die mittlere ist gefärbtes Glas oder Kitt. Unseriöse Händler verkaufen solche Imitate als Rubine, Saphire oder Smaragde.

← **Vorsichtsmaßnahme**
Dieses Foto von 1910 zeigt Chinesen in den Rubinminen von Mogok in Birma. Die Sortierer trugen Drahthelme, damit sie keine Steine im Mund verstecken konnten.

↑ **Vergänglich**
Rotes Glas als Rubinersatz verliert im Lauf der Zeit Glanz und Form.

Synthetischer Rutil

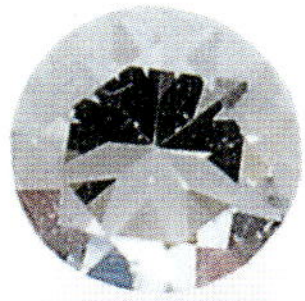

Flourit (Flussspat)

Quarz

Strontiumtitanit

Lithiumniobat

Topas

Zirkoniumdioxid

Synthetischer Saphir

Diamant

Synthetischer Spinell

GGG (Gadolinium-galliumgranat)

Zirkon

Glas

YAG (Yttrium-aluminium-granat)

Ersatzsteine

Diamanten werden am häufigsten imitiert. Die ältesten Imitate waren aus Glas und Bergkristall. Im letzten Jahrhundert kamen synthetische Granate und Zirkoniumdioxid dazu.

Täuschend echt? →

Mit diesem Bild warb ein Mr. Faulkner für seine nachgemachten „Gefeierten Diamanten".

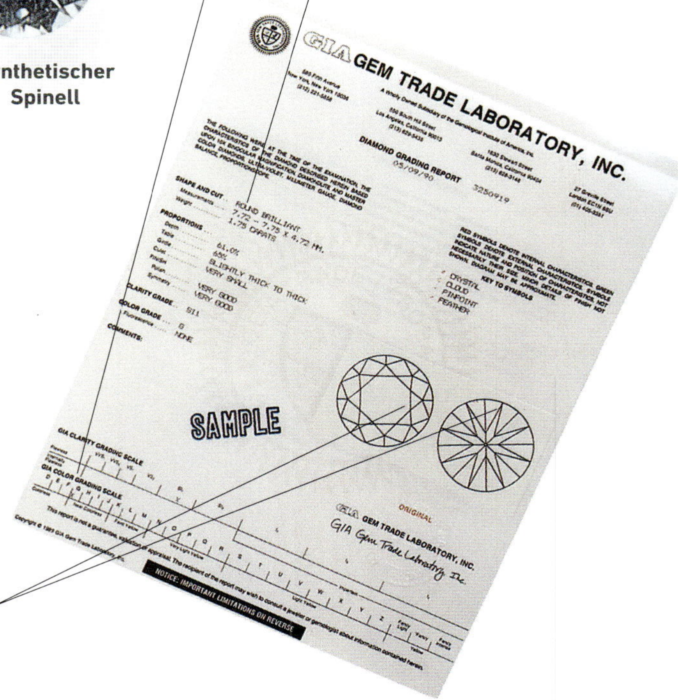

Bewertungsskala: Dieser Diamant hat eine Reinheit von SI, (kleine Einschlüsse) und die Farbe G (fast farblos).

Größenangabe in Millimeter, Größenverhältnisse, Reinheit und Farbe sind aufgelistet.

In die Umrisse von Krone und Pavillon werden etwaige Einschlüsse eingetragen.

Die vier Cs →

Nach einer internationalen Bewertungsskala werden Diamanten nach vier Merkmalen eingestuft. Cut (Schliff), Gewicht in ct (Karat), Colour (Farbe) und Clarity (Reinheit). Die Bewertung der Reinheit richtet sich nach den Einschlüssen. SI bedeutet „kleine Einschlüsse".

Künstlich erzeugte Opale haben die gleiche chemische Zusammensetzung wie natürliche.

Polystyrol-Latex

Echter Schwarzer Opal

Gilson-Opal

Slocum-Stein

← Opale für alle

Es gibt verschiedene Opalimitate. Der Slocum aus Glas ist viel günstiger als echter Opal. Im Labor wird der teurere Gilson gezüchtet. Echter Opal wird nach Farbe und Farbspiel bewertet, die teuerste und seltenste Art ist der Schwarze Opal.

Funkelnder Schliff

Ein Edelsteinschleifer verwandelt die oft unscheinbaren Rohsteine in begehrenswerte Objekte und bringt ihre besonderen Eigenschaften zur Geltung. Lapislazuli, Türkis, Karneol und Achat schleift man oft als Perlen und Cabochons. Seit dem 17. Jahrhundert kennt man den Brillantschliff für Diamanten.

← Rutil mit Brillantschliff
1919 definierte Marcel Tolkowsky Winkel und Proportionen eines harmonischen Brillantschliffs.

← Rauchquarzrose
Die Holländische Rose hat eine flache Basis und ein Oberteil mit Dreiecksfacetten.

← Amethysttafel
Beim Tafelschliff schneidet man von einem Oktaeder die Spitze ab.

Brillantschliff

Zuerst wird der rohe Stein mit der Lupe auf Körnungsrichtung und Fehler untersucht. Nach dem Sägen werden die Facetten geschliffen.

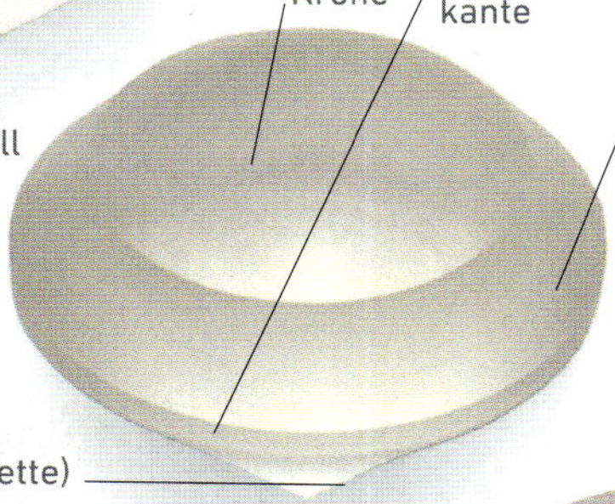

1 Vorwahl
Ein Rohkristall wird für den Schliff ausgewählt.

Quarztreppe →
Mit vielen rechteckigen Facetten eignet sich der Treppenschliff v. a. für farbintensive Steine.

Verwandlung →
1852 wurde der Koh-i-Noor-Diamant (S. 35) zu einem Brillanten geschliffen. Hier schneidet der Herzog von Wellington die erste Facette.

Koh-i-Noor (Brillantschliff)

2 Zersägt
Die Pyramide an der Spitze wird abgesägt, dann folgt das „Zuschneiden", das Reiben gegen diamantbesetzte Drehscheiben. (Die Darstellung zeigt Modelle.)

3 Die erste Facette (links)
Man kittet den Stein auf einen Stock (Doppe) und schleift die erste Facette – die flache Tafel – auf einem gusseisernen Rad.

4 Viele Facetten (links)
Zwischen Tafel und Fassungskante vier Ringkastenfacetten, vier Facetten auf dem Pavillon, vier Facetten auf der Krone und dem Pavillon sowie die Facette auf der Kalette (Unterseite).

5 Letzter Schliff
Den Abschluss bilden 24 weitere Facetten oben und 16 unterhalb der Fassungskante. Der Standardbrillant hat 57 Facetten oder 58 mit Kalette.

Diamantenzentrum ↓
Amsterdamer Straßenszene von Petrus Beretta: Vom 17. Jh. bis in die 1930er-Jahre war Amsterdam (Niederlande) das bedeutendste Handels- und Bearbeitungszentrum für Diamanten.

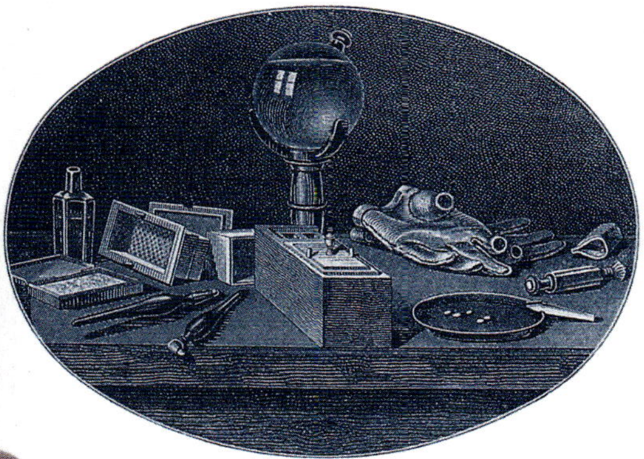

Diamantenschleifertisch um 1870

↑Perlen

Perlen kann man aus weichem Stein fertigen, sie gehören zu den ältesten Schmucksteinen.

↑Schleifer

Diese Diamantenschleifer bearbeiten Steine aus der Argyle-Mine in Perth (Australien, S. 25).

↓Wenig Verlust

Bei seltenen Steinen oder besonderen Anlässen wählt man Schliffe mit wenig Gewichtsverlust.

Geschliffener Zitrin, Dreiecksform

Geschliffener Saphir, unregelmäßige Form

Geschliffener Heliodor, Herzform

←Lichtspiele

Um die winzigen Rutilnadeln in Sternsaphiren und -rubinen (S. 37) zur Geltung zu bringen, schleift man diese Steine zu Cabochons.

←Granat

Derbe opake Steine wie dieser Granat sind oft zu Cabochons (gewölbtes Oberteil ohne Facetten, von franz. *caboche* für „Kopf") geschliffen.

Brosche mit Quarzcabochons: Diese Schliffart betont den Katzenaugeneffekt.

↑Feinschliff

Steine und Mineralien werden in einer Trommel mit Wasser und Schleifmitteln poliert.

←Auf indische Art

Diesen massiven Korund verwendete man im 19. Jh. in Indien zum Schleifen und Polieren von Granat.

Tretmühle→

Dieses Bild zeigt eine Achatschleiferei im 20. Jh. mit wassergetriebenen Schleifscheiben.

↑ **Kristallkompass**
Die Wikinger sollen mit Cordieritkristallen navigiert haben. Durch seine Farbänderung im Sonnenlicht ließ sich die Himmelsrichtung bestimmen.

↑ **Vogelzug**
Winzige Magnetitkristalle im Vogelhirn dienen möglicherweise als Kompass.

Mythen und Legenden

Schon im Altertum rankten sich Mythen und romantische Geschichten um Kristalle. Smaragde sollten Schlangen blenden, Diamanten hätten wunderbare Heilkräfte. Rubine waren im Mittelalter Zeichen der Macht und der romantischen Liebe. Viele besondere Steine sind angeblich mit einem bösen Fluch belegt.

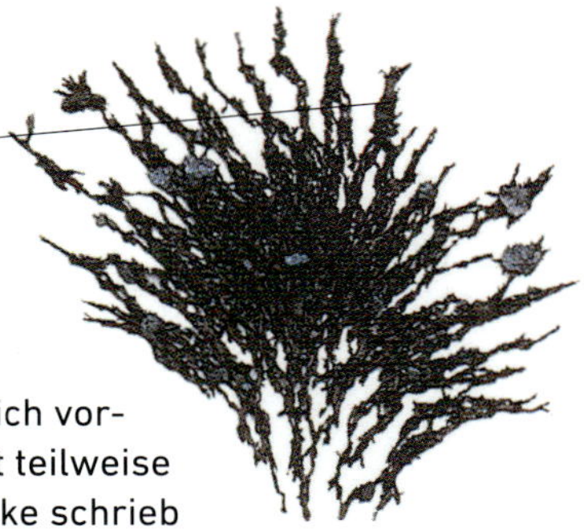

Abstoßend →
Der in Eisenoxid natürlich vorkommende Magnetit ist teilweise magnetisch. In der Antike schrieb man ihm Zauberkraft zu und glaubte, dass er böse Geister fernhielte.

Magnetitkristalle

↑ **Ernüchternd**
Der Amethyst diente im 15. Jh. als Heilmittel gegen Trunksucht. In Trinkgefäßen aus Amethyst sah Wasser wie Rotwein aus.

Heilige Juwelen →
Der ursprüngliche Brustschmuck des Hohepriesters von Israel wird in der Bibel (2. Mose 28, 15–30) beschrieben als mit vier Reihen von je drei Edelsteinen besetzt.

← Tränen aus Stein
Staurolithkristalle können Zwillinge in Kreuzform bilden. Sie heißen im Volksmund Kreuzsteine und dienten früher als Amulette bei Taufen. Der Legende nach entstanden sie aus den Tränen, die gute Feen über den Tod Christi vergossen.

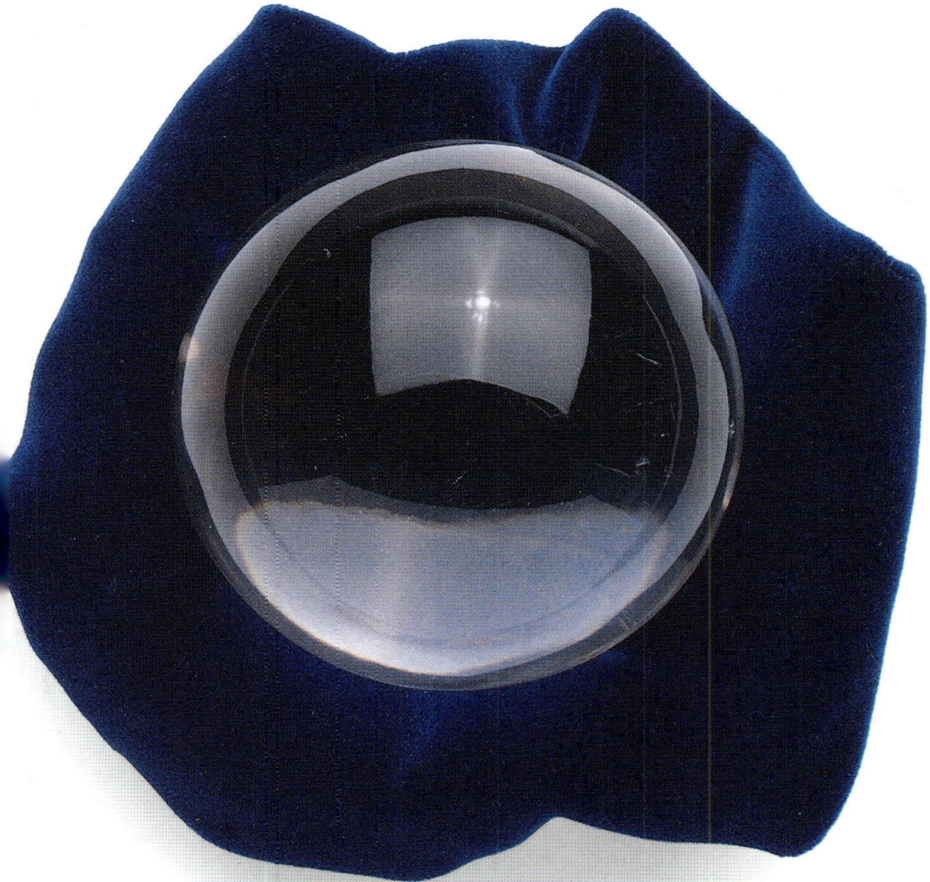

Kristallkugeln

Schon die alten Griechen und Römer lasen aus Kristallkugeln die Zukunft. Der Wahrsager betrachtet eingehend die polierte Kugel, bis sie vor seinen Augen verschwimmt. Aus diesem Nebel liest er seinen Kunden die Zukunft.

↑Zukunftsvisionen

John Dee, ein Gauner, der im 16. Jh. in der Gunst von Elisabeth I. stand, betätigte sich auch als Wahrsager. Unter seiner Regie „las" sein Kollege Kelley die Kugel.

↑Zukunftsträchtig

Beliebtestes Material für Kristallkugeln ist Quarz, doch auch Spiegel, polierter Stahl oder Wasser müssen zum Wahrsagen herhalten.

←Hoffnungsträger

Kristallkugeln kennt man aus dem Fernen Osten, Europa und Nord- und Südamerika. Diese stammt aus China.

Monatssteine

Seit dem 1. Jh. n. Chr. widmete man, in Anlehnung an die zwölf Steine auf dem Brustschild des Hohepriesters, jedem Monat einen besonderen Stein.

↑Im Wandel der Zeit

Im Lauf der Geschichte wechselte die Zuordnung von Edelsteinen zu bestimmten Monaten.

←In den Karten

Auch Sternzeichen haben eigene Edelsteine. Auf diesen Karten von 1923 steht der Karneol für die Jungfrau, der Peridot für den Löwen.

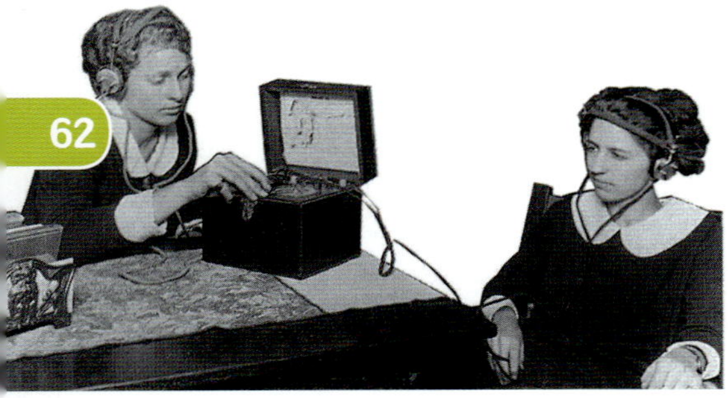

Kristalle im Alltag

Wir sind von Kristallen umgeben: Eiskristalle im Tiefkühlfach, Kristalle in Salz und Zucker, in Vitamin C und Aspirin, Weinsäurekristalle in der Weinflasche. In Kühlschrank und Waschmaschine befinden sich Siliziumchips. Fernseher, Telefon, Radio und Kamera arbeiten mit Kristallen und selbst ein Haus besteht zum großen Teil aus kristallinen Stoffen.

↑ Pinselstrich
In den 1920er-Jahren gab es Detektorempfänger. Man strich mit dem kupfernen Detektorpinsel gegen einen Galenitkristall, um Radiowellen aufzunehmen.

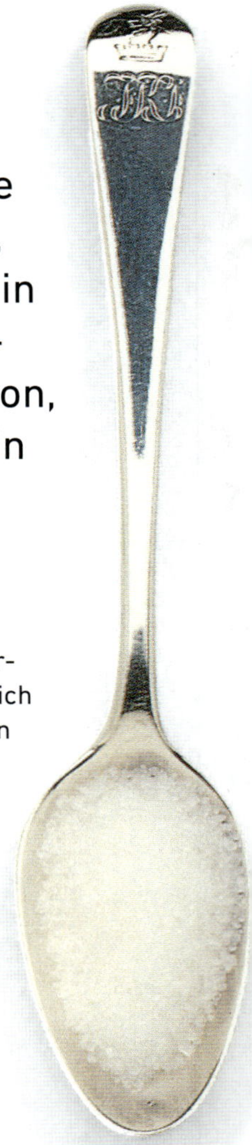

Auf der Rille →
Viele Plattenspieler haben einen Diamanten oder Korund als Nadel und einen kristallelektrischen Stein, der die Vibrationen aus der Platte in elektrische Signale umwandelt.

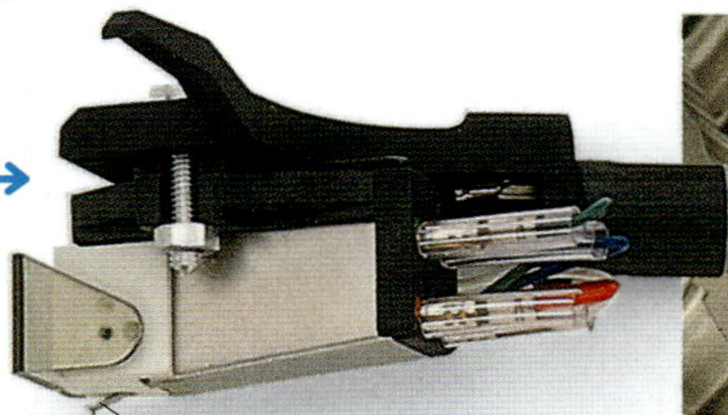

Eine Diamantnadel auf ihrer Reise durch die Plattenrille (Makroaufnahme)

Süße Sache →
Über 100 Mio. t Zuckerkristalle werden jährlich produziert, indem man aus Zuckerrohr oder -rüben Zuckersaft gewinnt, aus dem dann Zucker kristallisiert. Dieser Löffel besteht aus Silberkristallen.

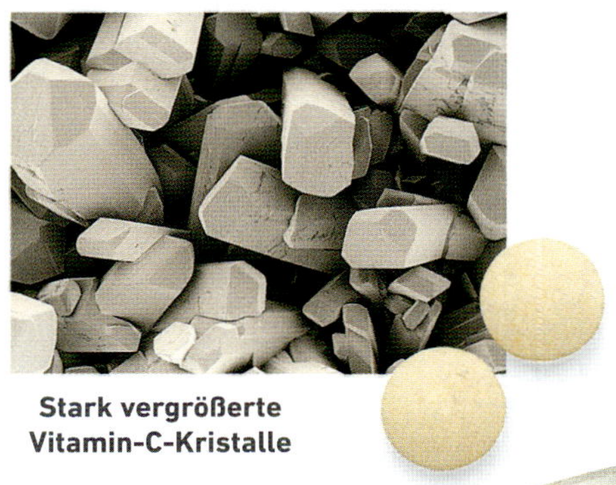

Stark vergrößerte Vitamin-C-Kristalle

Lebenswichtig →
Dies sind Vitamin-C-Tabletten mit Kristallen der Ascorbinsäure (Vitamin C). Wir müssen das lebenswichtige Vitamin mit der Nahrung oder pur zu uns nehmen.

LCD →
Flüssigkristalle wie in dieser Anzeige fließen, doch Aufbau und Eigenschaften gleichen denen von Kristallen. Elektrische Spannung richtet sie aus, sodass der angesteuerte Bereich eine bestimmte Form annimmt.

← Kostbare Steine

Diese Silberbrosche ist mit Diamanten, einem blauen Saphir und einer Perle besetzt.

Rubinkristalle

Zeitmesser →

Viele Uhren gehen durch Quarzkristalle (S. 31) genau, Rubine dienen als Lager.

Nadelige Kesselsteinkristalle (vergrößert)

↑ Kesselstein

In Leitungswasser sind Minerale enthalten. Im Wasserkocher kristallisieren sie als weiße Schicht.

Silbernitratkristalle auf einem Film (vergößert)

← Fotofilm

Ein Trägermaterial mit einer lichtempfindlichen Schicht aus Silbersalzkristallen dient bei der analogen Fotografie zur Speicherung der Aufnahme.

Die Kristallsammlung

Zum Kristallesammeln braucht man nicht viel Geld. Man kann Kristalle im Freien suchen, beim Händler kaufen oder mit Freunden tauschen. Eigene Fundstücke sollte man mit Angaben zum Fundort und über das Muttergestein katalogisieren.

Lupe zur Untersuchung von Kristallen

Wulfenitkristall

↑ Klein, aber fein

Nur millimetergroße Kristalle (Micromounts) zu sammeln, spart Kosten und Platz und ist sehr beliebt.

Gefüllte Knollen →

In Basaltlavaströmen findet man kristallgefüllte Geoden (S. 7). Sie bilden sich aus Flüssigkeiten, die durch das Gestein sickern und in Hohlräumen kristallisieren.

↑ Zum Sammeln

Man braucht einen Geologenhammer, feste Kleidung und Stiefel, Helm und Augenschutz.

Wusstest du das?

Erstaunliche Fakten

In Persien glaubte man früher, die Welt ruhe auf einem riesigen Saphir, der sein blaues Licht an den Himmel werfe. Andere Kulturen glaubten, der Himmel selbst sei ein Saphir, in dem die Erde sitze.

Anhänger mit Saphiren und Diamanten

Das Blau des Saphirs steht für Harmonie, Vertrauen und Loyalität. In vielen Ländern wählen Frauen daher Saphire als Edelstein für ihren Verlobungsring.

Das Wort Granat stammt vom lateinischen Namen des Granatapfels ab. Die Samen dieser Frucht sind leuchtend rot. Granat kann aber auch violettrot oder weinrot sein.

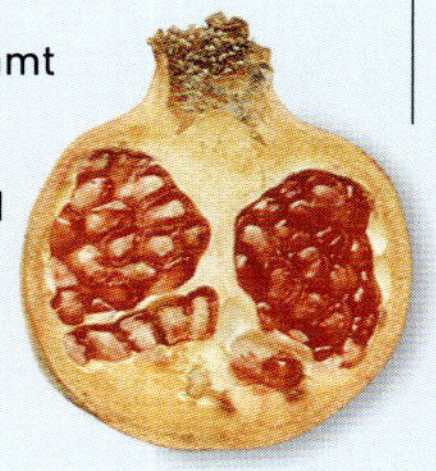

Granatapfel

An manchen Stellen findet man Diamanten auch im Meeresboden. Vor der Küste Namibias im südlichen Afrika suchen Menschen nach Diamanten. Moderne Boote pumpen Sand und Geröll, in dem sich die Diamanten befinden, an die Oberfläche.

Seit man das erste Mal Diamanten in Kimberlitgestein fand, baut man sie systematisch ab. Pro Karat oder 0,2 g des späteren Diamanten müssen über 25 t Gestein bewegt werden.

Im Mittelalter trugen Menschen, die es sich leisten konnten, einen Diamanten, um sich vor der Pest zu schützen. Im antiken Griechenland glaubte man, Diamanten schützten den Menschen vor Gift.

Mondsteine werden oft mit Silber kombiniert, um ihren silbrigen Glanz zu unterstreichen.

Mondsteinkette

Früher glaubte man, dass der Glanz der Mondsteine mit dem Mond zu- und abnimmt. Deswegen trugen v. a. Menschen, die den Mond anbeteten, diesen Stein.

Topaskristalle können bis zu 1 m lang werden und mehrere Hundert Kilogramm wiegen. Der Name stammt vermutlich von dem Sanskritwort *tapas* ab und bedeutet Feuer.

Schildpatt wird aus dem Panzer verschiedener Schildkrötenarten, v. a. der sehr seltenen Karettschildkröte, hergestellt. Sie steht aber mittlerweile unter Naturschutz. Das meiste „Schildpatt" ist heutzutage aus Plastik.

Haarschmuck bestand früher häufig aus Schildpatt.

Karettschildkröte

Früher glaubte man, dass sechsstrahlige Sternsaphire vor allem Bösen schützen. Die drei sich kreuzenden Linien standen für Glaube, Hoffnung und Schicksal.

Die frühen Ägypter glaubten, die blaue Farbe des Lapislazuli deute auf seine himmlische Herkunft hin. Sie schmückten Götterstatuen und Totenmasken damit, um sich so im nächsten Leben zu schützen.

Sternsaphir

In Arabien glaubte man, Perlen seien die Tränen der Götter. Man kann Perlen züchten, aber auch dann dauert es bis zu 4 Jahre, bis sich eine Perle im Inneren einer Auster gebildet hat.

Im antiken Griechenland galt Bernstein als heilig. Man glaubte, der Stein entstehe, wenn die Strahlen des Sonnenuntergangs aushärten. Wenn man Bernstein reibt, lädt er sich elektrisch auf. Das Wort Elektrizität stammt von dem griechischen Wort für Bernstein, *elektron*, ab.

Diamantenschiff

Fragen und Antworten

Seit wann verwenden Menschen Kristalle und Edelsteine?

Schmuck wurde schon in Gräbern gefunden, die Tausende Jahre alt sind. Antiker Schmuck ist selten, aber z. B. einige ägyptische Stücke haben überlebt. Sie sind oft aus Gold und mit Edelsteinen wie Türkisen, Lapislazuli oder Karneol besetzt.

Was sind eigentlich Kartoffelsteine?

Ein Kartoffelstein oder eine Geode ist ein hohler Stein, der innen mit Amethyst- oder anderen Kristallen ausgekleidet ist. Manchmal sickert silikatreiches Wasser in eine Blase in flüssiger Lava. Wenn die Lava auskühlt, bildet sich ein Gesteinsmantel, und innen entstehen die Kristalle.

Kartoffelsteine

Warum sind Edelsteine wertvoll?

Edelsteine sind wertvoll, weil sie so selten und so beständig sind. Und natürlich aufgrund ihrer Schönheit und der Art, wie sie geschliffen und poliert werden. Es gibt etwa 3000 verschiedene Mineralien, aber nur 100 davon gehören zu den Edelsteinen.

Woher kommen Diamanten?

Diamanten bilden sich unter hohen Temperaturen und extrem hohem Druck in etwa 200 km Tiefe im Erdmantel. Die ersten Exemplare fand man vor 2000 Jahren v. a. in Flusskiesen. Heute gewinnt man Diamanten in erster Linie aus Kimberlit. Hauptproduzenten sind Russland und der Kongo.

Was sind Saatperlen?

Das sind winzig kleine Perlen. Perlen sind ganz unterschiedlich groß. Ihr Gewicht gibt man wie bei Edelsteinen in Karat oder in Grain (= 0,05 g) an. Eine Saatperle wiegt weniger als 0,25 Grain.

Talisman mit Skarabäus aus dem Grab des Tutanchamun

Warum trugen Kinder früher häufig Schmuck aus Korallen?

Man glaubte, dass Korallenschmuck vor Bösem schützt. Daher schenkte man Kindern oft Armbänder oder Halsketten aus Koralle, damit sie sicher waren und nicht krank wurden.

Warum sind Smaragde grün?

Die charakteristische grüne Farbe stammt von winzigen Einschlüssen aus Chrom und Vanadium.

Warum schleift und poliert man Edelsteine?

Erst durch die Bearbeitung reflektieren Edelsteine so viel Licht und glitzern und leuchten. Das macht sie besonders wertvoll.

Diamanten-Collier von Erzherzog Joseph

Warum wird organischer Schmuck eher geschnitzt als geschliffen?

Materialien wie Koralle, Bernstein, Elfenbein, Jett oder Perlen sind weicher als mineralische Kristalle. Die meisten sind zudem undurchsichtig, darum machen Facetten, in denen sich das Licht brechen soll, keinen Sinn. Man schnitzt und poliert sie daher.

Was haben Rubine und Nagelfeilen gemeinsam?

Rubin ist extrem teuer. Als eine Spielart des Korunds ist er zudem sehr hart. Auch Schmirgel ist eine Form des Korunds, allerdings eine sehr unreine. Er wird seit Jahrtausenden zum Schmirgeln und Feilen benutzt.

Welcher berühmte Rubin ist in Wahrheit gar keiner?

Viele Kronjuwelen enthalten große rote Edelsteine, Spinelle genannt, die die Menschen fälschlicherweise für Rubine hielten. Der Rubin des Schwarzen Prinzen in den britischen Kronjuwelen ist ein Spinell.

Geschliffener Rubin

Rekordverdächtig

Wertvollster Edelstein
Diamanten sind am wertvollsten, weil sie unübertroffen schön und das härteste Mineral auf der Welt sind.

Größter Diamant
Der größte Rohdiamant war bisher der Cullinan. Man fand ihn 1905 in Südafrika. Er wog 3106 Karat und wurde in 9 große und 96 kleinere Steine geschnitten.

Schleifmarathon
Drei Schleifer arbeiteten 8 Monate lang 14 Stunden am Tag, um den Cullinan-I-Diamanten zu schleifen. Der Stein wurde in das königliche britische Zepter gesetzt.

Preisloser Edelstein
Nur drei Painitkristalle wurden bisher gefunden und keiner davon jemals verkauft. Daher haben sie keinen Preis.

Größter Beryll
Der größte Beryll wurde in Madagaskar gefunden. Er wog 36 t und war 18 m lang.

Edelsteine bestimmen

Für das ungeübte Auge sehen viele Edelsteine gleich aus. Sie haben die gleiche Farbe und sind ähnlich geschliffen. Hier findest du eine Übersicht über die beliebtesten Halbedel- und Edelsteine, ihre Farben und Eigenschaften.

Smaragdeidechse

Zitrin, gemischter Schliff und typische orangefarbene Nuance

Zitrin

Zitrin ist eine gelbe oder goldene Quarzform. Natürlicher Zitrin ist blassgelb, aber man findet ihn nur selten.

Amethyst, ovaler gemischter Schliff und typische purpurviolette Farbe

Amethyst

Amethyste sind violette, lila- oder malvenfarbene Quarzkristalle. Manchmal wirken sie auch bläulich oder rötlich.

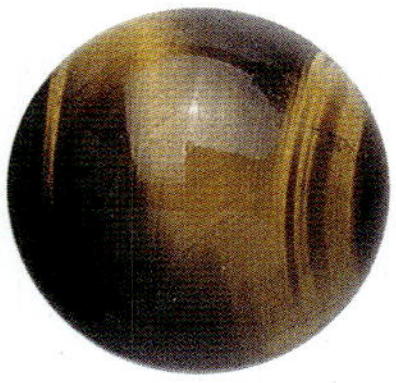

Tigerauge, geschliffen und poliert, mit deutlichen Streifen

Tigerauge

Tigeraugen sind eine Spielart des Chalzedons. Sie sind schwarz mit gelben oder goldbraunen Streifen.

Indischer Karneol mit typischer orange-rötlicher Färbung

Karneol

Der Karneol ist eine rotorange Variante des Chalzedons.

Farbloser Diamant mit schwarzen Einschlüssen im Brillantschliff

Diamant

Diamanten bestehen aus reinem Kohlenstoff und sind extrem hart.

Rubin, gemischter Kissenschliff und leuchtend rote Farbe

Rubin

Er gehört zu den teuersten Edelsteinen. Meist ist der Rubin tiefrot, kann aber von rosa bis braun variieren.

Blassblauer Saphir aus Sri Lanka

Saphir

Die wertvollsten Saphire sind klar und tiefblau, es gibt sie aber auch in Gelb, Grün, Rosa oder farblos.

Bläulich-grüner Smaragd mit vielen kleinen Rissen und Einschlüssen

Smaragd

Sie sind eine Form des Berylls und tiefgrün. Nur die besten sind durchscheinend und fehlerfrei.

Leicht grünlich schimmernder Aquamarin im Treppenschliff

Aquamarin

Auch er ist eine Form des Berylls, die Farbe variiert von blass meergrün bis dunkelblau.

Opal mit kräftig grüner und blauer Zeichnung

Opal

Opale haben eine irisierende kräftige Farbe. Mit dunklem Hintergrund nennt man sie Schwarze Opale.

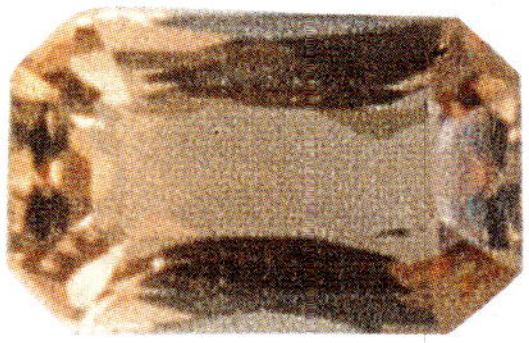

Lachsfarbener Topas

Topas

Topase gibt es in vielen verschiedenen Farben, von goldgelb (Sherrytopas) über rosa bis blau und grün.

Wassermelonenturmalin

Turmalin

Turmaline gibt es in vielen Farben, oft ist sogar ein einzelner Kristall mehrfarbig.

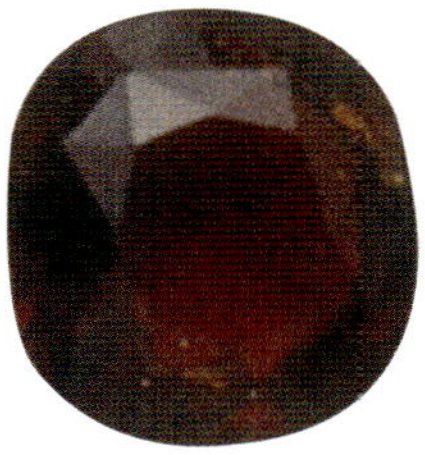

Oval geschliffener Pyrop (Granat)

Granat

Zu den Granaten zählen u. a. der blutrote Pyrop und der tiefrote Almandin.

Peridot im achteckigen gemischten Schliff

Peridot

Peridot ist ein meist flaschengrüner Olivin mit wachsartigem Glanz.

Blauer Mondstein

Mondstein

Er glänzt silbrig-blau, es gibt auch graue, gelbe, grüne und rosafarbene.

Achteckiger gemischter Schliff mit glasartigem Glanz

Spinell

Die beliebtesten Spinelle sind rubinrot, es gibt auch blaue und gelbe. Früher nannte man sie Balasrubine.

Geschliffener gelber Chrysoberyll

Chrysoberyll

Chrysoberill ist goldfarben. Die Varietät Alexandrit changiert je nach Lichtquelle von Grün zu Rot.

Farbloser Zirkon, entstanden durch Erhitzen eines rötlichen Steins

Zirkon

Reine Zirkone sind farblos und ähneln Diamanten, aber meist sind sie eher goldbraun.

Durchscheinender Jadeit mit schwarzen Einschlüssen

Jade

Jadeit und Nephrit werden als Jade bezeichnet. Jadeit ist smaragdgrün, Nephrit cremefarben bis olivgrün.

Von Pyrit durchzogenes, poliertes Gestein

Lapislazuli

Er ist v. a. wegen seiner intensiv blauen Farbe beliebt. Lapislazuli besteht aus mehreren Mineralien.

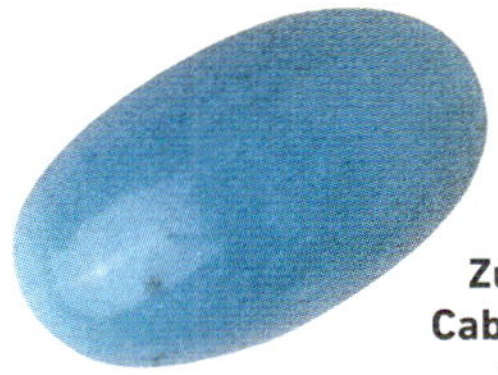

Zum gewölbten Cabochon geschliffener Türkis

Türkis

Der opake Stein wird wegen seiner intensiven blaugrünen bis hellblauen Farbe geschätzt.

Organische Schmuckmaterialien

Anders als Edelsteine, die aus anorganischen Mineralien bestehen, sind organische Schmuckmaterialien tierischen oder pflanzlichen Ursprungs. Bernstein, Jett, Koralle, Perlen und Elfenbein gehören dazu. Anstatt Facetten einzuschleifen, schnitzt und poliert man sie.

Geschnitzter Jett mit fein gearbeiteter Rose in der Mitte

Jett (Gagat)

Dies ist ein sehr feinkörniges Gestein aus versteinertem Holz. Es ist opak, schwarz oder dunkelbraun mit samtigem Glanz.

Durchscheinende goldbraune Perlen

Bernsteinkette

Bernstein

Bernstein besteht aus ausgehärtetem Baumharz. Er ist durchscheinend und meist goldorange oder seltener tiefrot.

Feine Korallenschnitzkunst mit einem Affen in einem Baum

Koralle

Dies sind die Überreste von winzigen Meeresbewohnern, den Polypen. Es gibt sie in Rosa, Rot, Weiß oder Blau.

Eine fast perfekt geformte Perle für eine Perlenkette

Perle

Perlen werden in Muscheln gebildet. Sie sind meist weiß bis cremefarben, oft rosa oder blau überhaucht.

Neugierig geworden?

Um mehr über Kristalle und Edelsteine herauszufinden, besuchst du am besten ein Museum. Naturkunde- und geologische Museen besitzen meist große Gesteins- und Mineraliensammlungen. Dort lernst du, wie sich Kristalle bilden, wo sie vorkommen und wie sie aussehen. Viele Museen haben auch beeindruckende Edelsteinsammlungen. Hier findest du einige Vorschläge für Museen und Internetseiten über Edelsteine und Kristalle.

↑Kristalle und Edelsteine

Die meisten Naturkundemuseen und geologischen Sammlungen zeigen eine Vielzahl an geschliffenen Edelsteinen und berühmten Schmuckstücken, oft mit besonders hervorhebender Beleuchtung.

Wo man Edelsteine findet→

Einige Kristalle wie Quarz und Granat findet man auf der ganzen Welt. Andere wie Diamanten sind sehr selten. Die Karte zeigt die Hauptfundstellen der zwölf wichtigsten und teuersten Edelsteine.

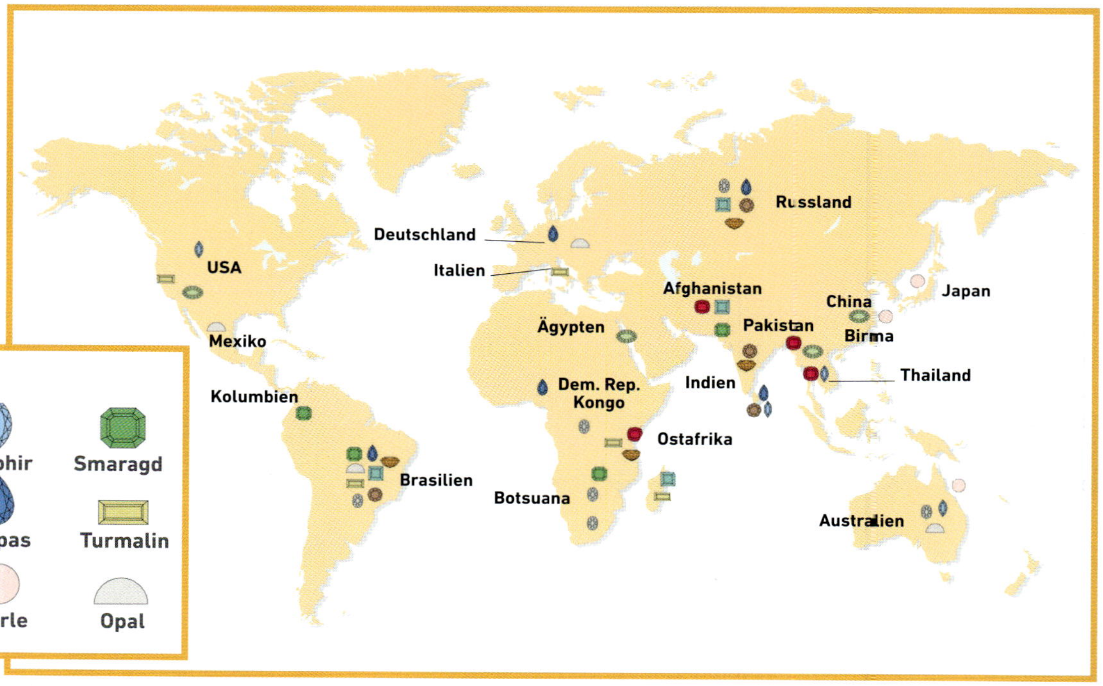

←Edelsteinsammlung

Starte deine eigene Steinsammlung! Suche an Stränden, Flussufern und in den Bergen nach schönen Exemplaren. Spüle sie mit Wasser ab und lass sie trocknen. Dann legst du sie in Streichholzschachteln oder kleine Kartons.

Diese geschliffenen Edelsteine gehören zur Mathews-Sammlung in London (England).

Internetadressen

- Ist Bernstein ein Edelstein?
  www.planet-wissen.de/natur/schmuck/bernstein/pwwbbernstein100.html
- Auch Schneeflocken bestehen aus Kristallen.
  www.kids-and-science.de/kinderfragen/detailansicht/datum/2009/12/14/wie-entsteht-schnee.html
- Beschreibung vieler Mineralien.
  www.medienwerkstatt-online.de/lws_wissen/index.php?level=2&kategorie_1=naturerscheinungen&kategorie_2=Steine,%20Kristalle%20und%20Mineralien

Besuche doch mal …

TERRA MINERALIA (FREIBERG)
Die TU Bergakademie Freiberg zeigt eine der bedeutendsten und wertvollsten Mineraliensammlungen der Welt. Sie umfasst über 3500 Mineralien mit einer erstaunlichen Vielfalt von Formen und Farben.

MINERALOGISCHES MUSEUM DER UNIVERSITÄT HAMBURG
Hier beeindruckt eine der größten Antimonit-Kristallgruppen der Welt. Außerdem bietet das Museum bietet eine Echtheitsprüfung für Edel- und Schmucksteine und Perlen an.

SCHMUCKMUSEUM PFORZHEIM
Dieses Museum zeigt Edelsteine und Kristalle in ihrer Verarbeitung. Von historischen Stücken aus allen Epochen bis hin zu moderner Schmuckkunst kann man Amulette, Ringe, Broschen, Uhren u. v. m. bewundern.

NATURHISTORISCHES MUSEUM WIEN (ÖSTERREICH)
Die Edelsteinsammlung des Museums zeigt u. a. den aus 761 Steinen und 2102 Diamanten zusammengesetzten „Edelsteinstrauß", den Maria Theresia ihrem Mann schenkte.

Juwelen und Schmuck →

Ein Schmuckmuseum ist ein hervorragender Ort, um zu erfahren, wie Edelsteine früher in Schmuckstücke eingearbeitet wurden. Aber nicht nur historischer Schmuck, auch moderne Stilrichtungen wie Art déco sind lohnenswert.

Das Diamanten-Collier, das Napoleon 1811 Königin Marie-Louise schenkte

Schatzkammer des Topkapi-Palastes ↓

Wenn du einmal nach Istanbul (Türkei) reist, solltest du das Museum im Topkapi-Palast besuchen. Es zeigt kolumbianische Smaragde, die Schmuckstücke und andere Gegenstände wie diesen Dolch zieren.

Große Smaragde zieren den Griff dieses Dolchs.

Kronjuwelen ↓

Eindrucksvolle Bespiele berühmter Juwelen aus Edelsteinen, Gold und Silber finden sich in den Kronjuwelen einiger Länder. Im Louvre in Paris (Frankreich) kannst du die Kronen von Napoleon und Ludwig XV. und viele weitere Schätze sehen. Der Tower in London (England) beherbergt die britischen Kronjuwelen. Einige Kronen werden heute noch zu bestimmten Anlässen verwendet. In der Hofburg in Wien (Österreich) sind die Insignien des Kaiserreichs Österreich sowie des Heiligen Römischen Reichs ausgestellt.

Karl der Große (742–814), König des Fränkischen Reichs

Dieses mit Edelsteinen besetzte goldene Zepter wurde für Karl V. gefertigt.

Mit kostbaren Edelsteinen besetztes Gold

Krone der Kaiserin Eugénie, ausgestellt im Louvre

Im Museum im Tower von London können Kinder Nachbildungen der Kronjuwelen, der königlichen Gewänder und Rüstungen anprobieren.

Glossar

Adern Mit Mineralien gefüllte Spalten oder feine Risse im Gestein.

Allochromatisch Bedeutet so viel wie „fremd-gefärbt", bezeichnet eigentlich farblose Edelsteine, die durch winzige Unreinheiten gefärbt sind.

Amorph Ohne einheitliche innere oder äußere Struktur.

Anorganisch Mineralische Stoffe. *Siehe auch* Organisch

Beständigkeit Eigenschaft, lang zu überdauern, ohne zu verwittern.

Bindung Eine chemische Bindung besteht aus zwei oder mehr Atomen, die nur durch Wärme oder Druck getrennt werden können.

Brechungsindex (B) Bezeichnet die Fähigkeit eines Minerals, das Licht zu beugen.

Diamant im Brillantschliff

Brillantschliff Beliebteste Schliffform, v. a. für Diamanten. Meist mit 57 Facetten oder 58 mit flacher Unterseite.

Cabochon Runde oder ovale Grundform mit glatter, gerundeter Oberfläche.

Rubin in Cabochonform mit Sterneffekt

Dendriten Farnartige Verästelungen von Kristallen, die in die Felsspalten und -risse hineinziehen.

Dichte (D) *Siehe* Spezifisches Gewicht

Dispersion Eigenschaft, das Licht in seine vielfarbigen Bestandteile zu zerlegen.

Doppeltbrechend Eigenschaft einiger Kristalle, einen Lichtstrahl in zwei Strahlen aufzuteilen und in verschiedene Richtungen zu reflektieren.

Drusen Hohlräume in Gesteinen, in denen Kristalle wachsen können.

Dublette Ein aus einem Edelstein und einer Glasimitation zusammengekitteter Stein.

Durchscheinend Lichtdurchlässig, aber nicht ganz klar.

Einschluss Material (meist ein Mineral), dass in einem Mineral eingeschlossen ist.

Erdkern Größtenteils flüssiges Zentrum der Erde.

Erdkruste Äußere feste Schicht der Erde.

Erdmantel Schicht zwischen Erdkern und Erdkruste.

Erosion Abtragung von Boden und Gestein, z. B. durch Wind, Wasser oder Gletscher.

Kalzitkristall

Erz Gestein oder Mineral, das als Rohstoffquelle Metalle liefert.

Facette Kleine ebene Fläche eines geschliffenen Steins.

Dendriten des Minerals Pyrolusit

Facettieren Facetten in einen Kristall oder ein organisches Material schleifen.

Fluoreszenz Farbiges Licht, das ein Mineral unter für uns nicht sichtbarem UV-Licht ausstrahlt.

Flusskies Vom Fluss verfrachtete, rund gewaschene Steine.

Flusssedimente Verwittertes Material, das von einem Fluss transportiert und an anderer Stelle abgelagert wurde.

Fumarole Austrittsstelle von Wasserdampf und Gas in vulkanischen Gebieten, an denen sich Kristalle bilden können.

Gediegen Mineral oder Metall, das in chemisch reiner Form in der Natur vorkommt, z. B. Gold.

Gemischter Schliff Schliffart, bei dem die Facetten der Ober- und Unterseite eines Steins sich unterscheiden, z. B. oben ein Brillant-, unten ein Treppenschliff.

Fluoreszierender Kristall

Geode Stein mit Hohlraum, der von Kristallen überzogen ist.

Gestein Fester natürlich auftretender Verbund mineralischer Partikel. Einige enthalten nur eine, andere viele verschiedene Mineralienarten. Sie können anorganisch oder biologischen Ursprungs sein.

Gesteinsmatrix Feinkörnige Grundsubstanz eines Gesteins zwischen den größeren Partikeln.

Glanz Eigenschaft eines Minerals, Licht zu brechen, zu bündeln und zu reflektieren.

Glasglanz Begriff zur Beschreibung der glasartigen Oberfläche einiger Kristalle.

Gürtel Breitester Mittelteil eines geschliffenen Steins, hier treffen sich die obere Hälfte (Krone) und die untere (Pavillon).

Idiochromatischer Schwefel

Habitus Natürliche Form eines Kristalls. Wichtiges Bestimmungsmerkmal.

Härte (H) Ein wichtiger Test für Minerale ist die nach dem österreichischen Mineralogen Friedrich Mohs benannte Mohshärte mit einer Skala von 1 bis 10 (ganz weich bis sehr hart). Dazu kratzt man das zu bestimmende Mineral mit anderen Materialien, deren Härte man kennt.

Irisierender Hämatit

Harz Klebrige, v. a. von Bäumen abgesonderte Substanz.

Idiochromatisch Kristalle, deren Farbe von ihrer chemischen Zusammensetzung bestimmt wird, z. B. Schwefel.

Irisierend In den Farben des Regenbogens schimmernd, ähnlich wie ein Ölfilm auf Wasser.

Kamee Dreidimensionale künstlerische Darstellung aus einem Schmuckstein.

Karat Gewichtseinheit für Edelsteine, 1 Karat = 0,2 g.

Katzenaugeneffekt Lichtschimmer einiger Edelsteine wie Chalzedon, der an ein Tigerauge erinnert.

Kimberlit Gestein, das Diamanten führen kann.

Klar Durchsichtig, fast alles Licht durchlassend.

Kristall Natürlich vorkommende mineralische Substanz mit regelmäßiger Anordnung der Atome.

Kristallschichten

Kristallin Wie ein Kristall aufgebaut.

Kristallsystem Geometrisches System, mit dem Kristalle in sechs unterschiedliche Symmetrieklassen eingeteilt werden: kubisch, monoklin, triklin, trigonal/hexagonal, ortho-rhombisch und tetragonal.

Lava Magma aus dem Erdinneren, das durch einen Vulkan an die Oberfläche gelangt.

Lichtbrechung Änderung der Richtung eines Lichtstrahls, z. B. wenn er durch einen Kristall hindurchgeht.

Magma Geschmolzenes Gestein im Inneren der Erde.

Metamorph Bezeichnung für ein Gestein, dessen Struktur und Zusammensetzung sich durch Hitze oder Druck verändert haben.

Mikrokristallin Eine nur unter dem Mikroskop erkennbare Struktur eines Minerals.

Perlmutt

Mineral Natürliche anorganische Substanz mit kennzeichnenden Eigenschaften wie chemische Zusammensetzung und Kristallstruktur.

Mohs-Skala *Siehe* Härte

Nugget Kleiner Klumpen aus Edelmetall in gediegener Form.

Opak Material, das kein Licht hindurchlässt.

Opalisierend Mit einem milchig blauen Schimmer. *Siehe auch* Irisierend

Organisch Stoffe pflanzlichen oder tierischen Ursprungs. *Siehe auch* Anorganisch

Pegmatit Magmatisches Gestein mit sehr großen Kristallen. Sie entstehen, wenn wasserreiche Magma langsam abkühlt.

Perlmutt Aus winzigen Kalziumkarbonatplättchen aufgebaute schillernde Substanz. Perlen und die innere Schicht mancher Muschelschalen bestehen daraus.

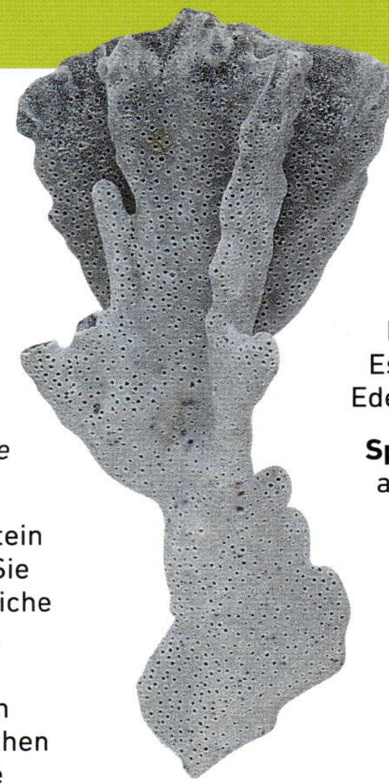

Koralle, organisches Material

Phantom Kristall, in den kleinere Kristalle desselben oder eines anderen Minerals eingeschlossen sind, sichtbar z. B. als parallele Wachstumsschichten.

Piezoelektrizität Eigenschaft von Quarzkristallen, unter Druck eine elektrische Spannung zu erzeugen.

Pleochroitisch Mehrfarbigkeit eines Kristalls je nach Betrachtungswinkel.

Prismatisch Längliche, bleistiftartige Kristallform.

Rau Eigenschaft der Oberfläche eines Gesteins oder Kristalls, bevor es geschliffen und poliert wird.

Selenit

Rhombisch Rautenförmig, wie ein auf die Spitze gestelltes Quadrat.

Riefung Parallele Linien oder Rillen in Mineralien.

Schamotte Feuerfeste Steine.

Schillernd Glänzend oder irisierend.

Schleifer Im Edelsteinschleifen ausgebildeter Handwerker.

Schliff Künstliche Form eines Kristalls mit vielen kleinen Flächen (Facetten) oder gerundet.

Schmuckstein Mineral oder organisches Material, das zu dekorativen Zwecken verwendet wird, aber nicht die Qualität von Edelsteinen hat.

Spaltfläche Je nach atomarer innerer Struktur brechen Kristalle entlang bestimmter Spaltflächen.

Spektroskop Instrument zur Bestimmung von Edelsteinen. Es zeigt an, welche Wellenlängen ein Edelstein absorbiert.

Spezifisches Gewicht (Dichte) Es gibt an, um wie viel ein Mineral schwerer ist als die volumengleiche Menge an Wasser.

Sterneffekt Auf manchen Edelsteinen in Cabochonform zeigt sich durch Lichtbrechung ein Stern.

Symmetrieachse Gedachte Linie durch einen Kristall. Rotiert der Kristall um diese Achse, sieht man mehrmals pro Umdrehung dasselbe Oberflächenmuster.

Rubin im Treppenschliff

Tafelschliff Quaderförmiger oder kubischer Schliff.

Treppenschliff Schliffart mit rechteckiger oder quadratischer Grundfläche und treppenförmigen Facetten an den Seiten. Meist für farbige Steine verwendet.

Zwillingsbildung Vorgang während des Kristallisierens, wenn zwei Kristalle desselben Minerals an der Basis zusammenwachsen.

Kalzitzwilling

Register

Dank und Bildnachweis

Der DK Verlag dankt Peter Tandy vom Natural History Museum für die fachliche Beratung; Thomas Keenes für Illustrationen; Karl Shone für die zusätzlichen Fotos (S. 28–29, 62–63); der De Beers Industrial Diamond Division für die Leihgabe der Diamantwerkzeuge (S. 29); der Gemmological Association of Great Britain für das Zertifikat (S. 57); Keith Hammond für die Leihgabe des Berylls (S. 21); Nancy Armstrong für die Leihgabe der Opal-Brosche (S. 41); Jane Parker für das Register; BCP, Marianne Petrou und Owen Peyton Jones für die Kontrolle der digitalisierten Daten.

Der Verlag dankt folgenden Personen und Organisationen für die freundliche Genehmigung zum Abdruck von Fotos:

(Abkürzungen: o = oben, u = unten, m = Mitte, l = links, r = rechts, g = ganz, Hg = Hintergrund)

Alamy Images: vario images GmbH & Co KG 28ul; Peter Amacher: 48ml; Ancient Art and Architecture Collection: 9ml; Archives Pierre et Marie Curie: 31um; Art Directors & TRIP: 69mr; Aspect Picture Library/Geoff Tompkinson: 28ur; Dr Peter Bancroft: 45mr; Bergakademie Freiberg: 12ml, 19ur; Bibliotheca Ambrosiana, Milan: 13mr; Bibliotheque St. Die: 53ml; Bridgeman Art Library, London/New York: Egyptian National Museum, Cairo, Egypt 65gom, 52gor, 58ul; Bibliotheque Nationale, Paris: 42gor; Paul Brierley: 16mr; F. Brisse, „La Symetrie Bidimensionnelle et le Canada", Smithsonian Institution, Washington DC: 37gor, 39go, 42ur, 69gor; British Geological Survey: 63ur; A. Bucher/Fondation M.S.A.: 30gol; Gordon Bussey: 62gol; Bibl. Magazin, Paris: 60ur; © Christie's Images Ltd.: 27ur, 64gol, 65mu; Bruce Coleman/Michael Freeman 52m; Lawrence H. Conklin: 49ul; Corbis: 64u, 69ur; Crown copyright: 46mr, 53gol, 58mr; De Beers: 29gom, 34mr, 35ur; Dorling Kindersley/Eric Crichton: 47gom; Dorling Kindersley/Dave King/The Science Museum, London 62ul; Dorling Kindersley: Ruth Jenkinson/Holts Gems 63um; DK Picture Library: Natural History Museum 66m; e.t. archive: 41ur; Mary Evans Picture Library: 7gor, 15gol, 23ur, 24ml, 38/39m, 38ul, 46gor, 57gor, 58m, 61gor, 61ul; Fondation M.S.A.: lltl; Michael Freeman: 25gom, 37m; Grukker & Zn, Netherlands: 28gor; Robert Harding Picture Library: 44gor, 51gol; Harvaard Mineralogical Museum: 20ml; Harvey Caphin Alaemeda, New Mexico: 50gor; Ernst A. Heiniger: 39ur; Michael Holford: 7ml, 37ur, 44mr, 50ur; Image Bank/Lynn M. Stone: 33mr, Lionel ASY-Schwart: 54ul; India Office: 36gor, 56gor; Kobal Collection: 35mr; Kodak Ltd.: 63m; Kunsthistorisches Museum, Vienna. Photo: Courthault Institute of Art: 40gor; Lauros-Giraudon: 34ul; S.E. Little: Octopus card Ltd. 28mlu; Mansell Collection: 15ul, 45m, 54gor; Moebius/Exhibition Bijoux Cailloux Fous, Strasbourg: 10um; Museum national, d'Histoire Naturelle, Paris: 48mr; Museum of Manking: 52ul; National Gallery: 50ul; Natural History Museum: 15gor, 19gor, 19m, 33ur, 40um, 51ur, 68gol; Frank Greenaway FRPS: 11ul, 21um, P.Krishna, SS Jiang and A.R. Land: 21gom, Harry Taylor ABIPP 31ur; National Portrait Gallery, London: 16m, 43gor; Northern Island Tourist Board: 22ul; Perham's of West Paris, Maine: 23gor; Phototake, NYC/Yoav Levy: 30mr; Katrina Raphaell: 31mr; Réunion Des Musées Nationaux Agence Photographique: Musée de Louvre 69um, 69ul; Ann Ronan Picture Library: 27gom, 27mr, 55gom; Royal Geographical Society: 36ul, 39gom, 56ul; S. Australian Dept of Mines and Energy/B.Sowry: 41gom; Science Photo Library: 9gor, 14ul, Dr Jeremy Burgess: 6gor, 62m, 63gor, ESA/PLI: 8gol; John Howard: 43mr, Peter Menzel: 25m, NASA: 26m, David Parker: 9ur, Soames Summerhays: 8ul; Brian Stevenson & Co: 25ul, 59gom; Stockphotos: 20ur; R. Symes: 20gor; Uffizi, Florence. Photo: Giraudon: 32ml; Victoria and Albert Museum: 51mr, 55ul; Werner Forman Archive: 61ml; Peter Woloszynski: 49mr; Zefa/Leidmann: 32gor, Luneski: 60ml.

Poster: *Vorn* (Amethyst): iStockphoto.com: Peter HermesFurian. *Hinten:* Dorling Kindersley: Holts Gems, Hatton Garden m (Jaspis), u (Onyx), ur (Amethyst), mo (gelber Saphir), mro (rosa Topas), mr (Türkis), mgr (Sonnenstein), mru (violetter Spinell), mru (roter Spinell), mru (Tansanit), gol (Feueropal), mgl (violetter Kunzit), mgr (Vesuvianit), gul (Falkenauge), mlu (Prehrit), gum (Rosenquarz), mu (Kyanit), mr (Cuprit), mlo (Smaragd), ml (grüner Turmalin); Natural History Museum, London gul (Tigerauge), gul (Citrin), mr (Malachit), mro (Mondstein), mr (Dravit), ul (Rutilquarz), um (Sardonyx), mr (grüner Peridot), ol (Milchopal), gol (weißer Opal), mlo (rosatürkisfarbener Opal), ml (durchsichtiger Fluorit), lo (Edelopal), ogl (schwarzer Opal), gum (Milchquarz), mu (Alexandrit), mlu (blauer Turmalin), gogr (Rubin), um (Dumortierit), gum (Aventurin-Quarz), mlu (Apatit), mrc (weißer Saphir), mlo (grüner Saphir), mlo (Fluorit , mr (Azurit), mlu (Danburit), mru (Dravit), gur (Rauchquarz), m (Granat), mlu (Apatit), gul (dendritischer Achat), ml (roter Turmalin), mr (Howlith), mlu (Rhodonit), mlu (Labradorit), gul (Sardonyx), m (gelber Turmalin), mru (blauer Zirkon), mo (blauer Saphir), ml (Amblygonit), gur (Katzenaugenquarz); Dreamstime.com: Leon Rafael/Lrafael gor (Diamant).

Cover: *Vorn:* iStockphoto.com: PeterHermesFurian. *Hinten:* Dorling Kindersley: Natural History Museum, London mr, mlo. *Rücken:* Dorling Kindersley: Holts Gems.

Weitere Informationen unter www.dkimages.com